KIM Kwang-Kyu · Die Tiefe der Muschel

Edition moderne koreanische Autoren
Herausgegeben von CHONG Heyong und Günther Butkus

KIM Kwang-Kyu

Die Tiefe der Muschel

Gedichte

Übersetzt von CHONG Heyong
in Zusammenarbeit mit Matthias Göritz

Mit einem Nachwort
von CHONG Heyong

PENDRAGON

Inhalt

I. SCHRITTE IN DER DUNKELHEIT

II. KLEINE QUELLE

III. DIE TIEFE DER MUSCHEL

IV. NEBELLAND

I. SCHRITTE IN DER DUNKELHEIT

Ars Poetica

Ein Hund hält plötzlich an
während er ziellos über den leeren Platz
durch das harte Mittagslicht eines Sommers läuft
erreicht ihn ein Ton

er bleibt an den Betonkreuzen
am Weinhang
als Frucht aus Licht und Wasser

ein Ton

Fische hinterließen ihn am Grund des Meeres
sind jetzt Leichen im Fischmarkt
starren uns wortlos an
So viele Namen der Fische - bezugslos

Die Sprache, die wir vorübergehend leihweise benutzen
ist weder ein Name noch eine feste Bezeichnung
Sie kann nicht einmal das Zwitschern eines Spatzen niederschreiben
Sie ist abgelegt, zerknautscht

eine unzulängliche Kleidung
des Tons

Obwohl unsere Muttersprache
dick gepflastert mit Konsonanten
schon ziemlich abgetragen ist, bevor wir sie sprechen
fürchtet der Mensch, der mit Worten lebt
all dies nicht, ist nicht traurig
und wartet nicht auf den Segen
er folgt nur dem Ton
den man nicht aussprechen kann
folgt den Spuren des Windes
und wiederholt die vergebliche Verzweiflung

Frühlingslied

Wenn Schnee schmilzt
versinken Berge und Felder tief in Gedanken

Während die Felder nach vager Erinnerung tasten
gewinnt das Unkraut wieder die gewöhnliche, alljährliche Länge
Am Pappelbaum mit seinem guten Gedächtnis
brechen an genau derselben Stelle der Äste
behutsam neue Blätter auf

Azaleen denken an vergangene Tage
erröten
In den Tälern riecht es nach Brunst
In den Bächen fließt frische Wollust
Verhütende Frauen gebären nur hübsche Kinder des Todes

Endlich erwachen Berge und Felder aus ihren tiefen Gedanken
und wachsen Stück für Stück weiter
Männer bauen neue Hochhäuser
und entfernen sich damit immer weiter von der Heimat

Dasein und Nichtsein (I)

Das rote Backsteinhaus mit dem Farbengeschäft
vom Frühlingsregen durchnäßt
nimmt eine fremde Farbe an, die man in keiner Tabelle findet

Diese Farbe, die niemand beachtet
bleibt kurz am Dach und an der Wand
und verläßt dann das Haus

Eine scharfäugige Taube
fliegt der Farbe nach, die
- mal sichtbar, mal unsichtbar - schimmert
Im Dunstschleier: Glockengeläut

Ermüdet kehrt dieTaube schließlich zurück
sie sitzt auf der Fernsehantenne des Hauses nebenan
und schaut leer auf das Backsteinhaus mit den getupften Farben

Dasein und Nichtsein (II)

Es schwebte, mal weit über dem Horizont schimmernd, mal um mich kreisend, sehr nah bei mir.
Wie ein Schmetterling flatternd setzte es sich mir auf die Schultern; wenn ich versuchte es zu berühren sprang es davon wie ein Eichhörnchen. Wenn ich ihm keuchend folgte, schlüpfte es mir in meinen Körper und bedrückte mich.
Irgendwann einmal fing ich es, als es in meiner Nähe war. Etwas Kaltes und Glitschiges wie eine Schlange wand sich aus meiner Hand. Wie bei einem Ringkampf waren wir ineinander verschlungen, aber schließlich entkam es. Denn es hatte keinen Rumpf, keinen Kopf, keine Beine, keine Flügel und es war nichts Bestimmbares zu sehen.
Es folgte mir immer, und immer verfolgte ich es.
Manchmal begegnete es mir in einer Buchhandlung, doch wenn ich es aufhob, dann war es nur ein Buch. Ab und zu fiel es auf dem Markt oder in einem Warenhaus auf, aber was ich auch in die Hand nahm, war ein Fisch, eine Frucht, ein Kleid oder sonstwas. Einmal erschien es als gepflegter Mann mittleren Alters vor mir. Ich folgte ihm, aber er war nur ein kleiner Versicherungsmakler. Es gab eine Stelle, die in der Nacht leuchtete. Ich lief dorthin, aber es war eine Fabrik, in der man noch arbeitete.
In einer Gasse, auf die ich zufällig zum erstenmal stieß, fand ich es endlich. Es war die hintere Seite eines verfallenen Hauses, von dem ich dachte, ich hätte es schon oft gesehen. Neben dem halbbesonnten Platz mit den Vorratstöpfen aus Ton, lagen ausrangierte Möbel herum, und in einer Ecke stand schräg ein Schornstein. Es war eine Landschaft der Unordnung.
Ich wandte mich um und kam aus der Gasse heraus. Ich war erstaunt über den Anblick der Passanten, der Autos und Bäume und Tabakläden und Karren an der Straße. Es war an jedem Gegenstand zu sehen. Es schien überall zu sein, auf der ganzen Welt.
Aber wenn ich es anzufassen versuchte, war es nicht da.

Seelenberg

In meinem Kindheitsdorf gab es einen seltsamen Berg.
Es war der Seelenberg, und niemand hat ihn je bestiegen.

Der Seelenberg war am Tag nicht zu sehen.
Während dicker Nebel seine untere Hälfte verhüllte, wurde das, was den Nebel überragte von Wolken verdeckt; wir konnten nur raten wo er war.

Auch nachts war der Seelenberg nicht klar zu sehen.
Im Mond- und Sternenlicht klarer, wolkenloser Nächte mochte man wohl einen Blick auf seine schwarze Gestalt erhaschen, aber es war unmöglich zu sagen, welche Höhe er hatte, oder welche Form.

Eines Tages wurde ich von einer plötzlichen Sehnsucht ergriffen den Seelenberg zu sehen - er hatte mein Herz nie verlassen - ich nahm den Expressbus in mein Heimatdorf. Aber, wie schwer fällt es mir zu sagen, der Seelenberg war völlig verschwunden, und als ich die Dorfleute fragte, schworen sie alle, daß es hier nie solch einen Berg gegeben hat.

Eine uralte Frage

Wer wüßte es nicht
Wenn Zeit vergeht
verwelken die Blumen
Blätter fallen
und irgendwann
altern auch wir und sterben wie Tiere
Wir kehren zurück zur Erde
Steigen auf in den Himmel
Auch wenn die Welt sich nicht ändert je länger wir leben
weckt sie uns doch mit der uralten Frage
auf aus dem Schlummer
Schau her
Ist es nicht immer noch neu, erstaunlich und herrlich?
Der schwere Duft
mit dem der Flieder am Ort des Abfalls alljährlich
die Gasse bis in den letzten Winkel erfüllt
Die leuchtende Blüte
die der sonst so gewöhnliche Kaktus
nach schlaflosen Nächten
in der Scheibe des zerbrochenen Topfes gebar
Die strahlende Lotusblütengestalt
die aus dem schwarzen Schlamm des Teiches heraufsteigt
Und
das zarte Lächeln der Kinder
die aus der dunklen Gebärmutter kommen
überrascht uns nicht mehr?
Obwohl sie sich wehren zwingen wir ihre Füße in Schuhe
besorgt sie barfuß über den Boden laufen zu lassen
Die Erde an ihren Händen
waschen wir ab
Woher kommt
überhaupt
das unerschöpfliche Kinderherz?
Sie wurzeln nicht in der Erde

Die Erde haftet an ihnen nicht
Sie springen und wachsen heran
Ihr quicklebendiger Körper
woher
kommt seine sprudelnde Kraft?

Die Stimme des Wassers

Die verwüstete Landschaft da draußen -
Berge, Felder, Bäume und Himmel
sehen aus wie schlingernder Seetang

Mühvoll flappend fliegen die Vögel
unbequem auf vier Beinen laufen die Tiere
Autos die ihre Räder rollen
Flugzeuge schweben im Wind
Die Menschen laufen gefährlich nur auf zwei Beinen

Sie brauen aus ihrem unendlichen Durst Spirituosen und trinken
Sie ahmen das Wasser nach und machen Götter
Sie fördern Öl und verraten das Wasser
Am Tag bewegen sie ihre Muskeln und lächeln mit ihrem Gesicht
In der Nacht treffen sie sich in Paaren und machen ungeschickte
Spiele
und waschen die verschmutzten Körper wieder im Wasser

Ihr verlassenen Völker des Metalls
macht Feuer aus der Zeit ohne Feuchtigkeit
leckt Eure fauligen Fingerspitzen mit Speichel und zählt Euer Geld
seid das ganze Leben unbefriedigt dabei
Quält Euch mit noch mehr Toden
Den Segen des Wassers wird es für Euch nicht geben

Beim Buttessen

Von Anbeginn an haben wir immer geglaubt
wir wären wie Gott
oder daß Gott uns doch ähnelt

Mit dem Mund der gern spricht und dem Schamteil versteckt
nach links und nach rechts und nach rechts und nach links
mit einem Auge, dem Ohr, einem Arm und dem Bein
haben wir immer verglichen was rechts ist und links
und bauten Waagen und Räder, errichteten Mauern

Wir konnten den Drang zum Teilen nicht unterdrücken
drum teilten wir freie Berge, Meere und Felder
nach links und nach rechts

und nach der Form unseres menschlichen Körpers
machten wir Puppen und Waffen und Orden
und nach unseren Köpfen
errichteten wir Kirchen und Ämter und Schulen
Schließlich teilten wir auch den Ton und das Licht und die Sterne
nach links und nach rechts

nun können wir nichts als den Kopf noch vom Körper zu teilen
darum trinken wir stark und essen den Rohfisch dazu
den Steinbutt, der zittert und flattert
erschreckt über unsere fremde Gestalt
wir reißen an ihm und essen ihn lebend
und lachen ihn aus, weil seine Augen sich lachhafterweise nur auf
der rechten Seite befinden

nach links und nach rechts
geht er gar nicht zu teilen
aber wir wissen immer noch nicht
wem er ähnelt

Schwarzer Traum

Es war eine Sackgasse
Sie war finster
Umkehr unmöglich
Weitergehen
hatte jetzt keinen Sinn mehr

Am Ende des Gangs
öffnete ich eine Tür
langsam
betrat ich
das dunkle Zimmer
und schloß die Tür hinter mir
Sinnlos war auch das Stehenbleiben
allein

Das war das Ende
Vielleicht auch der Anfang
Aber nicht dazwischen
Vollkommen haltlos
so sah mein Inneres aus

Hinterhof eines Tempels

Auf der steinernen Tempeltreppe tief im Gebirge K'nack
ertönen der hölzerne Gong und die Litaneien zu Buddha
Statt mich vor Buddha zu verbeugen
trinke ich einen Schluck Wasser aus dem Brunnen
und schlendere ein wenig
im frischgefegten Hof
Hinter dem Hauptgebäude
grast ein weißer Ochse auf einer verblaßten Wandmalerei
Unter dem Dach liegen die Bruchstücke alter Ziegel
und die Tuchpagode von der Feier zu Buddhas Geburtstag
In einer schattigen Ecke - wie im Schuppen einer hinteren Gasse -
ist es mir, als wäre da jemand
Ich stutze. Im Schwingen der Adlerfarnblätter
verschwindet die Spur
Der Rücken von jemand, den ich nie sah
läuft mir kurz durch den Kopf

Pagodenbaum

Die Dorfbewohner nannten den Baum, zu dem jede Nacht die Eule kam und schrie, den Pagodenbaum.
Der Pagodenbaum warf über den Brunnen einen breiten Schatten. Inzwischen ist der Schöpfeimer verschwunden, man hat Pumpen eingebaut, eine gemeinsame Wasserleitung gelegt, später wurde an dieser Stelle sogar eine Tankstelle gebaut. Aber der Pagodenbaum steht heute noch an dieser Stelle.

Im Koreakrieg lag unter dem Pagodenbaum lange das Wrack eines ausgebombten Militärlastwagens. Nachdem die Alteisenhändler alle brauchbaren Ersatzteile ausgebaut hatten, wurde das große Stück Eisen zum Kinderspielzeug. Fast drei Jahre rostete es, wurde rot, abmontiert und verschwand.
Auch im Pagodenbaum steckten einige Schrapnells. Diese kleinen Metallstücke haben sich langsam aufgelöst und wurden vom Baumsaft aufgesogen. Dort wo das Schrapnell in den Baum getreten war, entstanden knorrige Beulen. Seit einiger Zeit hängt dort ein Schild „Naturschutz!“.

Wenn ich auf den Pagodenbaum schaue, möchte ich auch heute noch den Riesenbaum berühren, mich an ihn lehnen, ihn besteigen, und manchmal möchte ich Wurzel und Ast von ihm werden. Wenn ich an ihm vorbeihetze, zu Fuß oder mit dem Taxi, fühle ich etwas wie Scham.
Denn mir kommt es immer wieder so vor, als bewege sich der Pagodenbaum, und ich sei derjenige, der sich die ganze Zeit nicht von der Stelle rührt.

Der Rutsch

Auf dem Spielplatz des Armenviertels am Hang
rutschen die Rotznasen emsig die Rutsche herab
Sie trappeln die Treppe der Rutschbahn herauf
und rutschen rasch die Rutsche hinunter
den ganzen Tag von morgens bis abends
bis der Hosenboden verschleißt
rutschen sie. Warum eigentlich
rutscht ihr immer wieder so runter
fragt niemand

In die fernen Alpen
bis in die Nähe des hohen Matterhorn gestiegen
rutschen sie frei
auf dem schneeweißen Gleißfeld herunter
Skier aus aller Welt
bunte Schlingel
die kleiner als Ameisen wirken
an der breiten Brust des ragenden Vaters
unter den milden Achseln der fließenden Mutter
rutschen sie
angstlos den steilen Schneehang herab
Warum eigentlich rutschen Sie immer wieder so runter
fragt niemand

Wasserweg

Wer könnte sich an seinen Weg
besser erinnern als Wasser?
Wenn man ihn auch listig
versperrt und versteckt
Das Wasser
findet ihn
füllt ihn mit seinem ganzen Körper
bis zum Grund
Lieber Freund
versuch nicht das Wasser gegen seinen Willen zu stauen
Wenn Du dem Wasser einen Weg läßt
mäanderhaft, so weit und tief, wie es fließen will
dann ist es erfrischend für uns, wenn es sich sammelt
und schön, wenn es fließt
Wie könnten wir unseren langen Weg gehen
wenn nicht mit dem Wasser zusammen?
Wer kann allein leben?

Wildente

Bäume sind nicht senkrecht
wachsen aber am geradesten
Von diesem Baum wird kein Strom erzeugt
auf seine Zweige des Trostes setzt sich nie
der heilige Vogel
Wildenten legen sich nicht hin und stehen nicht auf
Sie wandern sanft über den Winterfluß
wiederholen einfache Bewegungen
lernen keine komplizierten Bräuche
hinterlassen manchmal Fußspuren
im schneebedeckten Eis
Bei Erdbeben fliegen sie auf dem Wirbelwind
in den Himmel
werfen den letzten Schatten
zum Fossil bestimmt
auf's tote Land
Vollkommener Vogel
Der Ort von dem die Wildente herkam
wohin sie zurückkehrt
von dem Ort bin ich weit entfernt
Mit dem Zug die Kontinente durchquerend
Mit dem Flugzeug über das Meer
bin ich zu weit gereist
und kann nicht mehr
hinter den Horizont zurück
Wie glücklich ist die Wildente
die jedesmal wenn die Jahreszeit wechselt
frei von Gedanken flügelschlagend zurückkehrt
Um dorthin zurückzukehren
muß ich all meine Worte, die ich mühsam erlernte
qualvoll stöhnend vergessen
Viel schwieriger als beim Erlernen
muß ich die Dinge, die ich weiß, Stück für Stück vergessen
Auch wenn ich schon stehe möchte ich aufstehen

Auch wenn ich liege möchte ich mich hinlegen
Dieses qualvolle Sich Winden ist vergeblich
Ganz allein muß ich aufbrechen
Wie beneidenswert ist das Leben der Ente
die fliegend stirbt und fällt
Ort an den ich lebend nicht zurückkehren kann
Gesegneter Vogel
der ruhig und oft an diesen fernen Ort gelangt
Manchmal möcht ich eine Wildente sein

Betrachtung des Persimonbaums

Die Blätter sind alle gefallen
nur die Früchte sind rot

schön
sicher schmecken sie gut

Wie wäre es, all die Gedanken beiseite zu wischen
nur auf den Persimonbaum zu blicken
ganz lange
ganz leer

nicht
rasch einen Blick werfend
dann schnellschnell ein Foto und weiter
sondern
auf der Stelle zu stehen oder zu sitzen
wie entzückt
teilnahmslos
auf den Persimonbaum zu schauen

wie wär es
eine Weile so dem Herbst anzugehören

Knochen

Als ich auf einem Röntgenschirm
die Knochen sah, die meinen Körper halten
schienen sie nicht alle mir zu gehören
Die gebrochene Rippe war nicht
aus rostfreiem Stahl
oder aus Plastik
aber ebensowenig war es das Holzgerüst
der gottgegebenen Seele

Staub von Sardellen und Aalen
hatte sich aufgehäuft über ein paar Dutzend Jahre
war verhärtet und zu Knochen geworden
die ich niemals sah
und zu sehr als gegeben nahm
Alles kommt aus dem Staub
versammelt sich und verhärtet
und bricht dann irgendwann
wird schließlich vernichtet zu Staub

Die Knochen, die meinen Körper halten
werden letztendlich zu Staub
und werden sich irgendwo wiederanhäufen
nachdem sie wie Schneeflocken durch den Raum trieben
Auch meine gebrochene Rippe
wird irgendwann wirbeln
irgendwo als Staub nicht länger mein
und wird nicht in der Lage sein
sich meiner Schmerzen zu erinnern

Diese Knochen werden brechen und mich verlassen
Auf dem geschäftigen Markt und in den Straßen
bleibt keiner lange
alle eilen zurück und verschwinden
und zwischen den kahlen Ästen

der Straßenbäume
bläst der Wind
Auch er gehört keinem

Schritte in der Dunkelheit

Sie scheinen aufzuwachen, sich die Augen reibend, wenn es zu dämmern beginnt. Unter ihnen auch viele mir bekannte Gesichter. Der alte Direktor der Schule für traditionelle Musik streicht sich würdevoll über den Bart auf dem Sofa in seinem Wohnzimmer. Das Mütterchen aus Nuha-Dong stopft einen Socken, den sie über eine kaputte Glühbirne gestülpt hat.
Hände weg von der Politik, so verbringt mein Vater die Zeit,
    blättert
in alten Almanachen und widmet sich seinem Gemüsegarten.
Mutter, die beim Reisholen einem Schlaganfall erlag, liegt immer noch so vor der Tür des Vorratsschuppens. Meine ältere Schwester verbeugt sich immer wieder und spricht das Totengebet an den Bodhisattwa der Unterwelt.
Die Totenmasken der verehrten Politiker Kim Gu und Chuksan - der eine noch blutend vom Attentat, der andere aufgehängt - sind auch dabei. Freunde, die bei der Aprilrevolution ums Leben kamen, laufen in ihren immer noch jugendlichen Gestalten herum,
    Kämpfer,
die sich aus Protest verbrannten, leiden an schweren Brandwunden.
Da um Mitternacht nicht nur unser Haus und Hof, sondern die
    ganze
Stadt und die Provinz, die Berge und Felder, die Flüsse und Meere, voll Toter sind, fällt es einem sehr schwer ihnen auszuweichen.
Mühsam ist deshalb der Gang durch diese dichte Dunkelheit.

Wenn ich morgen sterben würde

Wenn ich morgen sterben würde
hätte der größte Komfort und die beste Arznei keinen Wert
Ich wollte nicht wiedergeboren werden

Ohne Geld hätte ich sogar vor dem Sterben Angst
Also nähme ich meinen Lohnvorschuß
und sagte den hochgestapelten Waren vor jedem Laden Adieu

Die ausstehenden Steuern machten mir Sorgen
und ich ginge zu den Beamten, die mich gequält haben
und würde doch wieder lächeln
um nicht schon heute zu sterben

Ich ginge zu meiner Geliebten
und verspräche ihr schweißnaß die klarste Zukunft
Für meine Kinder, die nie geboren würden
stiftete ich eine Messe

Ich beseitigte alle Spuren, die mir Schande einbrächten
und damit sich auf mein totes Gesicht keine Spinne herabließe
sprühte ich im Zimmer Insektenvertilgungsmittel
und badete mich

Das ungelesene Buch läse ich noch zu Ende
Nach dem Zeitzeichen im Radio stellte ich meine Uhr
und bei einer Tasse Kaffee
dächte ich an mein Vermächtnis, das lange noch bleiben soll

Und da ich doch Angst habe alleine zu sterben
holte ich einen sehr armen Freund
den ich so lange vergessen hatte
damit er mich bis zum Ende behüte

Wenn ich also morgen sterben würde

sähe ich die Sonne die über das Schneegebirge
das sonst niemand sieht, morgens emporsteigt
Und nur um das eine Wort „erhaben“ aussprechen zu können
wollte ich wiedergeboren werden

Geburt eines Felsens

Ob es wohl Felsen gibt
im tiefsten Tal
das noch kein Mensch betrat?
Ich ging in die Berge
suchend nach einem Felsen
der seit Anfang der Zeit ungesehen alleinsteht

Unter uralten Kiefern
am weglosen Hang
war ein Fels
Wie lange
war
dieser Felsen bekleidet mit Moos
wohl schon
hier?

Zweitausend Jahre? Zwanzigtausend? Oder Zweihundertmillionen?

Nein
überhaupt nicht

Wenn wirklich niemand bis jetzt ihn gesehen hat
dann ist
dieser Felsen
von nun an
hier

In dem Moment
als ich schaute
wurde der Felsen geboren

II. KLEINE QUELLE

Frühlingsstraße

Einmal im Monat
folgte ich meinem Vater
auf unserem Weg
das Grab meiner Großmutter in Dolumul zu besuchen

Ich ging schlappend
in schwarzen Gummischuhen
den zwölf Kilometer langen Weg
von dem der getrocknete Schlamm aufstäubte
in der Frühlingsdürre
Zu der Stunde wenn wir unseren Schatten betraten
waren wir in Pulmugol

Hingeräkelt auf dem Flur des Hausierergasthofs
ruhten wir unsere Beine ein Weilchen aus
während die Ochsenkarren vorbeirumpelten
Vater nippte Magkoli
ich Reissirup

Die Lerche am Wegrand
streifte mit ihren Flügeln fast meinen Kopf
und sang in ihrer Müdigkeit ein Schlummerlied
wie Hitzeflimmern

Heute fahren wir mit der ganzen Familie
in unserem Wagen
die Asphaltstraße entlang
All diese Erinnerungen
kommen reihum und vergehen

Sommertag

Ich möchte rennen
steile Hänge hinab, voller Dornen
Ich möchte rollen
Blutend
wie ein Guerillero, umgemäht vom Maschinengewehr
Ich möchte die Zunge im Tau des Grases befeuchten
Ich möchte hinabfliegen
ins Tal wie ein Vogel

Ich möchte zurück
in den Algenwald
ins Dickicht der Farne und schwülheißem Saft
Ich möchte umherstreifen
und mich verirren
Ich möchte stürzen
hinabsinken
in den Boden hinein

Ich möchte hinfallen
Ich möchte schwitzen
bis zum letzten Tropfen
knieend unter der Mittagssonne
am Strand, der trotz der brandenden Wellen
nicht abnimmt
Ich möchte versinken
nackt wie ein Stein
den Schatten werfen
auf die Tiefen des Meeres

Tageswanderung

In aller Frühe begann ich
Der Berg ist an einem Tag nicht zu besteigen
Zwischendurch treffe ich Leute, die vor mir aufgebrochen sind
Ein anderes Mal werde ich überholt von einem, der hinter mir ging
Menschen, die nach meinem Aufbruch geboren wurden,
kommen mit jungen Stimmen schwatzend aus dem Tal herauf
Als ich gegen zwei Uhr am Nachmittag den Gipfel erreichte
begann die Sonne schon unterzugehen
Ich weiß nicht, in welche Richtung ich absteigen soll
Ob ich wohl erst in tiefer Nacht mein Ziel erreiche?
Ich sehe keinen Weg
Auch keinen Tempel
Ich habe nichts gehört von denen, die schon abgestiegen sind
Das ist ein steiler Berg - je tiefer man hineindringt

Inwang-Berg

Erhabener Inwang-Berg
der früher Tiger hielt an seiner Flanke
zu dessen Füßen sich die Hauptstadt fünfhundert Jahre lang
entfaltete
der auf die Freuden und Leiden Seouls
wie auf ein Puppenspiel blickte
auf die Heimat des Urgroßvaters
Wo bleibt das vertrauenserweckende Gesicht
der stattlichen Felsenrutschbahn
die ich als Kind zu besteigen wünschte
In den Kiefernwäldern des steilen Tals
wo klares Wasser zwischen den Steinen floß
liegen jetzt Glasscherben und Plastiktüten
Und graue Wolken, die nach Benzin riechen
verschleiern schimmernd den großen Berg
In jeder Himmelsrichtung sind die Adern in seinem Gestein
von Asphaltstraßen zerschnitten
Er ist eingeschlossen inmitten der acht Millionen Einwohner Seouls
er keucht
als würde er gleich kollabieren
Sein abgemagertes Profil
und den schäbigen Rücken entblößend
sitzt er am Rande des Stadtzentrums
und wohnt im Alter zur Untermiete
Armer Inwang-Berg

Heimat

Fische mit krummen Rücken
leben im Han-Fluß
Sie zeugen junge Fische mit krummen Rücken
Nach Luft schnappend, bringen sie's nicht übers Herz
den Pfuhl Seouls zu verlassen
Sie schwimmen nicht ins Meer hinaus
Ist Heimat auch so ein Ort
an dem man nicht leben
und den man doch nicht verlassen kann?

Feld bei Rehberg

Auf dem leeren Feld bei Rehberg
das die Bongus-Familie zu einem Spottpreis verkaufte
lagen irgendwann schmutzigblaue Kanister und rote Tonnen herum
Sie stapelten sich, wurden bald höher als der Heuschober früher
warfen einen breiten Schatten und stanken
Selbst Raben lassen sich dort nicht mehr nieder
Auch die Reisfelder bei Hirschdorf
von der Brauerei als Fabrikgelände gekauft
sind übersät mit Autowracks, Reifen
mit ausrangierten Kühlschränken, mit Gasherden
mit Motorölpfützen und Glasscherben
eine einzige Schutthaldenlandschaft
Im Dorfbrunnenwasser
schmeckt man das Erdöl
Die Buchweizenblüte, die einst die Nacht erhellte
die Reisfelder, in denen wir Schnecken suchten
das Kuhgeläut auf den Höfen mit ihren Misthaufen
All das ist ins Fernsehen geschwunden

Die alte Kiefer

Im Freien vorm Saemaul-Klub
steht eine alte Kiefer
unter Naturschutz
schon über hundert Jahre
stehst Du
wirfst Deinen Schatten
zeigst die Gebärden des Windes
an Deinem Stamm ohne Harz ist erkennbar
es ist Zeit
Deine Wurzeln tun weh
Doch ahnen die Klubmitglieder Deine Müdigkeit nicht
fassen Deinen Stamm in Zement, geben Dir Infusionen
drängen Dich weiter zu stehen
Das Altern ist ein natürlicher Vorgang
wenn auch unerwünscht
Auch Du wünschst Dir
Dich hinzusetzen und auszuruhen
Dich danach wieder zu erheben
man weiß nicht wie lange es dauert
Wer aber könnte Deine Müdigkeit hindern?
Du schließt die grünen Augen
die über hundert Jahre offen waren
und schläfst dann stehend ein
mitsamt den rotverwelkten Ästen
Du alte Kiefer

Tag der Arbeit

Der Parkplatz ist heute ganz leer
Kein Wächter zu sehen
Ölflecken überall
Den ganzen Tag pralle Sonne
Ab und zu sucht eine Taube Futter
Ein leichter Wind
Nirgends mehr Arbeit
Kein Abfall liegt herum
Einfach ein Stück leerer Boden unter dem Himmel
Von jeder Besatzung befreit
behauptet er jetzt das Feld
Laßt uns dies leere Stück Erde
für heute nicht Parkplatz nennen

Kleine Quelle

Heute trinke ich Wasser
statt Coca-Cola
Zwischen den Felsen quellendes
kaltes Wasser
schöpfe ich, eine Plastikkelle voll
und lerne wieder das Wassertrinken
das ich schon lange verlernt hatte
All die, mit denen ich früher mein Herz teilte
bei einer Kürbisschale voll Wasser
auf dem ein Weidenblatt schwamm
sind tot
Direkt aus der Quelle trinke ich heute mein Wasser
mit vom Erdöl besudelten Händen
Umsonst
und ohne Erlaubnis
schlürfe ich ganz allein dieses Wasser

Alte Talstraße

Die Arbeiten für die Erweiterung des Bugak-Tunnels laufen auf
Hochtouren
Bei jedem Sprengecho, das aus den Bergen wiederhallt
leuchtet der alte Pfad ins Segumchong-Tal
noch einmal in meinem Herzen auf
Wenn hier die Pflaumen- und Kirschbäume blühten
roch es von der Papiermühle her nach faulen Pökelfisch
Über den Schrittsteinen im Bach
am Ende des Pfads durch den Holzapfelgarten
stand auf einmal der Berg vor mir
Doch kaum verliere ich mich in das schöne, schmale Tal
wird die Ampel grün
Aus dem dunklen Tunnel der Erinnerung
rasen LKWs, Busse und andere Autos daher
Dunkle Abgaswolken ausstoßend
streiten sie sich um die Vorfahrt
Hier und da schreiben Polizisten Strafzettel aus
als wollten sie meine Nostalgie unter Aufsicht stellen

Ost-West-Süd-Nord

Im Frühling breiten sich die günen Wellen
nach Norden aus nach Norden
durch keinen Stacheldraht und keinen Todesstreifen gehindert
hinauf nach Norden
Über die Berge
durch Felder
laufen auch die Azaleen und Forsythien zum Norden über
Im Sommer sind der Kuckuksruf
und auch das Fröschequaken
überall gleich
Im Herbst breiten sich goldene Wellen
nach Süden aus nach Süden
durch keine entwaffnete Zone und keine Zugangssperre gehindert
herunter nach Süden
Über die Flüsse
durch die Täler
kommen auch Kosmeenblüte und Ahornfärbung herunter nach
Süden
Im Winter ist der Geschmack von erfrischendem Rettichwasser
und scharfer Gemüsesuppe
überall gleich
Den Schneesturm
der die ganze Welt in Weiß vereint
egal ob Ost ob West ob Süd ob Nord
kann niemand aufhalten

Für Elise

Geliebte Wölfin
Die klugen Augen, die breite Stirn
die lange Schnauze, die spitzen Ohren
und der wedelnde Schweif. Als ich Dich zum erstenmal sah
erinnertest du mich an meinen weggelaufenen gelben Hund
Süße Wölfin
Ich kam langsam und pfeifend an Dich heran
Die Zähne bleckend
kamst Du mir mit Deinem schlanken Körper entgegen
ich umarmte Dich herzlich
Statt mich zu küssen stürztest Du mich mit Deinen Pfoten zu
Boden
Du bissest mir in den Hals
Was machst du?
Auf meinem Grab standest Du
und heultest den Mond an
Als ich Deine Stimme hörte
konnte ich noch immer nicht schlafen
Ich, der ich Tiere mehr liebte als Menschen,
Du hast mich totgebissen
Das kann ich nicht glauben
Du, meine süße Wölfin,
die ich auch nach dem Tod weiter lieben möchte

Dazwischen

Dächten Dichter nur an Gedichte
Dächten Politiker nur an die Politik
Dächten Wirtschaftsbosse nur an die Wirtschaft
Dächten Arbeiter nur an die Arbeit
Dächten Juristen nur an Paragraphen
Dächten Soldaten nur an Krieg
Dächten Techniker nur an Fabriken
Dächten Bauern nur an die Landwirtschaft
Dächten Beamte nur an Verwaltung
Dächten Gelehrte nur an die Wissenschaft

Dann müßte die Welt doch ein Paradies werden, meint ihr, aber
wenn wirklich
niemand

Zwischen Gedicht und Politik
Zwischen Politik und Wirtschaft
Zwischen Wirtschaft und Arbeit
Zwischen Arbeit und Paragraphen
Zwischen Paragraphen und Krieg
Zwischen Krieg und Fabriken
Zwischen Fabriken und Landwirtschaft
Zwischen Landwirtschaft und Verwaltung
Zwischen Verwaltung und Wissenschaft

dächte, dann blieben nur

Toilettenpapier
Macht
Geld
Ausbeutung
Gefängnis
Ruinen
Verschmutzung

Pestizide
Unterdrückung
Statistiken

und sonst gar nichts

Strandgut

Vom Ufer her
Seetanggeruch
Ein Fischerboot bringt die Sonne zurück
man wirft Anker
Dünen in Morgensonne getaucht
Die am Ufer sich glättenden Wellen
wanderten nachts übers Meer
und beenden hier ihre weiche Bewegung
Frauen und Kinder
ihre Hunde voraus
laufen am Wasser entlang
Die Möwen kreisen schreiend
Zappelnde Meerbrassen
Zuckende Aale
Seegurken, Kreiselschnecken
sind alle noch naß vom Träumen im Wasser
Fragen wir nicht: Was kostet der Fisch
sondern sammeln wir unseren Teil
den am Ufer liegenden Tang
Und bevor man die Perlen der See
in ferne Städte verkauft
geben wir den Fischern
die lebenden Fische zurück
und den Fischen ein atmendes Meer

Lied für fünf Freunde

Felsen und Bäume verdeckten uns
als wir zum erstenmal unsere Liebe teilten
Weder geschlossene Türen noch dichte Gardinen
Nur Steine hier und da und Bambusblätter haben uns versteckt

Als wir im Kiefernwald bäuchlings den Atem unterdrückten
schützten uns vor den unermüdlichen Verfolgern
weder Handgranaten noch Maschinengewehr
Sondern das Dröhnen des Wasserfalls

Als wir, das Sternbild des Großen Bären im Rücken
verhungernd unsere Schritte nach Haenam beschleunigten
war das, was uns den Weg in der Dunkelheit wies
nicht die harte Ideologie, sondern der milde Mondschein

Der Rhein

Morgens in Assmanshausen
Vor dem Fenster des Hotels Krone
fließt der Rhein in voller Breite
Auch mitternachts
als ich vom Wein tief in den Schlaf gefallen war
ist das Wasser weiter geflossen ohne daß es eingeschlafen wäre
Auch in den letzten zwanzig Jahren, die ich nicht hier war
floß der Rhein so voll, als ob er überfließen wollte
Dein Sein und mein Nichtsein
Nach einer Übernachtung fahre ich ab
Ich blicke immer wieder zurück, bedauernd,
daß das Wasser weiter und weiter fließt

Herbsttag

Auf dem Hügel hinter meinem Rücken
bläst jemand ungeschickt Posaune
Plötzlich fallen mir seine Worte wieder ein
daß er aus unerträglicher Müdigkeit
zu der Verabredung nicht kommen konnte
Am Persimonbaum, der den ganzen Sommer hindurch
die Sonne genossen hatte und üppige Blätter trug,
hängen noch ein paar einzelne Früchte hoch in der Luft
Winterfutter für die Elstern
Die auf die Erde gefallenen
hatte niemand gesammelt
Wohin werde ich wohl fallen?
Im Winkel der vertrauten Gasse
und auf der Bank im Park
habe ich nun niemanden mehr zu erwarten
Vom Singen der Insekten überwältigt
möchte ich von der Jugendzeit träumen
Aufwachend aus meinem Traum
möchte ich die mir zuwinkenden Kosmeen fragen:
Im Frühling sah ich Euch nicht
Wo wart Ihr im Sommer?
Und die so spät am Straßenrand blühenden Blumen
werden mit hinter der Hand verstecktem Mund schüchtern lächeln
Noch möchte ich mich
mit jemandem treffen und unterhalten
Mit verkniffenem Mund
und einer die Augen verdeckenden Brille
Krankheiten in meinem Körper tragend
die ich nicht haben will
nähere ich mich langsam dem Ziel
als ob ich gelassen wäre
Gequetschte Posaunentöne
die meine Jugendtage wiederholen
Jetzt erst verstehe ich seine Worte

daß er, von unüberwindbarer Schläfrigkeit überwältigt
die letzte Chance versäumte

III. DIE TIEFE DER MUSCHEL

Seiltänzer

Es gibt kein Publikum und doch
trägt jeder eine Stange
und geht auf dem Hochseil hoch in der Luft
wo so viele Seile kreuz und quer gespannt sind
Wenn man nicht vorwärtskommt springt man zum nächsten
und auch wenn man ausruht setzt man sich
mal hier und mal dorthin
Aber wenn man zwischen die Seile
fällt
verschwindet man
in die unergründliche Dunkelheit
Da so viele Seile sich kreuzen
scheint es fast wie fester Boden
aber wenn man abgelenkt ist
und einen falschen Schritt macht
ist es das Ende
Um nicht zu fallen
versucht man den schwankenden Körper zu halten
Jeder tanzt gefährlich auf einem einzigen Seil

Abend im Mai

Mit dem Frühsommerwind wehen
trübe Nachrichten auf
Aus dem einen oder anderen Haus
ungeschicktes Klavierspiel

Backhaus ist bereits tot
und Rubinstein ist schon alt
Aber ungeachtet der Verzweiflung der Älteren
beginnen die Kinder mit den Etüden von Czerny

Wegen der Hoffnung die man nicht
in Zeitungspapier wickeln und fortwerfen kann
fällt in jeder friedlichen Straße
beschämt die Dunkelheit

Weisheitszahn oder Sarangni

Er ist lästig
er muß raus
sonst wird er verrotten
und die Backenzähne zerstören
ein Weisheitszahn muß unbedingt raus
was muß man noch weiser werden
du kannst nicht mal kauen damit
(Was der Doktor sagt ist
- medizinisch gesehen - immer korrekt)
Aber ist Rausziehen
wirklich die richtige Kur?
(Ängstliche Patienten
sind immer so stur)
Aber ich glaube nicht
daß ich ihn los werden will
diesen reißenden Zahn
auch wenn sein Pochen mich weckt in der Nacht
es mag ja ein lästiger Weisheitszahn sein
aber wer, wenn nicht ich, wird kauen
und fähig sein diesen Teil von mir selbst
zu schätzen und zu ertragen
der mir einen Anteil gibt
meinen Anteil am Schmerz?

Schnee in der Nacht

In einer Winternacht
im Freien an der Station auf die S-Bahn wartend
wollten wir füreinander
ein Haus werden
ein Zimmer
in das wir hineingehn
in dem man sich bergen kann
Auch bei Schnee
und bei Wind
Wie gern wollten wir bis zur Dämmerung
einander wie Schutzmauern sein

An den jungen Autofahrer

So fährst Du also endlich Dein eigenes Auto
Verständlich, daß Freunde Dich beneiden
Als Du fahren lerntest
war ich stolz auf Dich
daß Du überallhin fahren kannst
Jede Art von Lizenz ist gut
sagte ich oft
Jetzt fährst Du Auto
kannst die Straßenbäume nicht mehr sehen, die sich nach
Jahreszeiten verändern
kannst die Händler nicht mehr sehen, die am Straßenrand Obst
und Fische verkaufen
kannst die rennenden Frauen nicht sehen, mit ihrem kranken Kind
auf dem Rücken
Dich umsehend nach Polizisten und Ampeln
nur nach vorn schauend fährst Du
Deine Augen wurden noch schneller
Dein Herz wird noch mehr gehetzt
Wenn künftig die Ölpreise auch noch einmal steigen
das Abgas Deine Augen verschleiert
Du würdest doch das Auto nicht zu Hause lassen und laufen
und all diese Jugendjahre, die andere
zu Fuß gehend und rennend verbringen
mit Bus oder U-Bahn fahren
die fährst Du mit über 60 Kilometer die Stunde
Wenn ich Dich beim Autofahren betrachte
dann habe ich das Gefühl Du hast Dich entfernt
zu leicht
und mein Herz wird schwer

Müllmänner

Ihr kennt uns gar nicht
Von unserem wenigen Lohn gehen wir gern einen trinken
wenn es schneit
Ihr denkt, daß wir von den Ersparnissen dreier Jahre
einen Handkarren kaufen und mit Süß-
und Altwaren handeln
Das ist nicht wahr
Wir sind ganz anders als diejenigen
die alte Magazine und Zeitungspapier
die leere Flaschen und Alteisenstücke
gegen Puffmais eintauschen
die gierig sind auf das Zahngold von Leichen
und den Eingang zum Totenreich überwachen
Auf dem Müllplatz wo alle Begierde der Welt
und alles Geld gestorben ist
da lassen wir Kohlenasche zurück in die Erde
Herrenlose Schuhe, blutige Lumpen
faulige Gräten und zerissene Plastiktüten
alle sind miteinander freundlich vermischt
Vom Wind zerstreut und dem Regen ausgesetzt
kehren sie in die Heimat zurück
hier auf der Klippe des Diesseits
Mit samt ihrem Gestank verbrennen wir sie an offenen Feuern
Wir sind ganz anders als sie
Ihr horcht auf das Scherengeräusch der Süß-und der
Altwarenhändler
und hört dort den müden Müßiggang eines Frühlingstages
ihr macht einen großen Bogen um jeden Müllplatz
geht auf die Bank
in die Kirche
Ihr kennt uns gar nicht

Zwei Generationen

In jenen Tagen
als man selbst Staatsbeamte Uniform tragen ließ
lebte im Dienstbotentrakt außerhalb des inneren Tors
das Ehepaar Kang
Die Frau holte das Wasser
Der Mann zog die Rikschakarre
Beide halfen im Haushalt der Herrschaft
aber sie kochten und aßen von der Herrschaft getrennt

Heute
sind sogar die Schuluniformen verschwunden
Chauffeur Kang lebt mit seiner Frau
im kleinen, mit Kohle beheizten Zimmer
neben der Garage
Die Frau wäscht die Wäsche der Hausbesitzer
aber sie kochen und essen von ihnen getrennt
und Herr Kang fährt Mercedes

Das Denkmal des Kurfürsten

Zeit seines Lebens war er ein mächtiger Kurfürst, der über sein Land herrschte.
Auch heute noch blickt er mitten auf dem Marktplatz vorm Rathaus aus luftiger Höhe herab auf die Stadt.
Jeder, der an seinem Denkmal hinaufblickt, kann die Bewunderung nicht unterdrücken.
Erstaunlich die Technik von damals! Dies gewaltige Kupferstück auf die Säule zu heben, in diese Höhe! Hervorragend die Geschicklichkeit der Leute von damals, es so lange Zeit bei Wind und Wetter fest und senkrecht standhalten zu lassen.
Aber ein grausamer Rest der Geschichte.
Wenn die Vögel ihm den Nasenrücken bescheißen, kann er nicht einmal blinzeln; wenn es ihm unter den Schultern juckt, dann kann er nicht kratzen; und er quält sich jahrhundertelang auf der Spitze noch immer mit Schwindel.
Du großer Kurfürst! Mit gewaltigem Reichtum und gewaltsamer Knechtung hast du selbst für die eigene Strafe gesorgt.

Ein Fingerlang, ein Fingerbreit

Die Augen treffen sich zufällig
zittern für einen Augenblick wie Kompaßnadeln
Ein Raum, der offen war, ist nun geschlossen
zum Bersten gefüllt
endlos weit, aber
bloß fingerlang
übereinander: als dies geschah
durchdrang die ganze Welt
den Körper heiß

Irgendwo in der vergangenen Welt
Irgendwann in der vergangenen Zeit
verhielt der trübe Blick
aufgehängt
eine Weile
unendlich weit, aber
bloß fingerbreit
Die beiden Füße wurden ganz kalt und streckten sich
Mal hätten die Füße den Boden erreichen können, mal nicht

Ein Patriotenleben

In den Regierungsbüros nannten sie ihn einen besonderen Fall. Von früher Kindheit an kümmerte er sich um die auf den Straßen gestürzten Ketzer; als junger Mann beschützte er schlaue und brutale Gewalttäter, und sobald er alt genug war, ging er in Aufrührergruppen und trat der Untergrundbewegung bei.

Die Zeiten waren immer stürmisch.
Es gab keine Möglichkeit ruhig zu schlafen, mit Freude zu Essen, Geld zu verdienen und glücklich zu leben, und selbst wenn, er glaubte, daß man so nicht leben sollte.
Immer hatte er das Herz dem Körper vorgezogen, er war einer von diesen Persönlichkeiten mit großen und hohen Zielen, wie viele Anekdoten bezeugen.

Aber bevor er das Schafott betrat, konnte er nicht gelassen sein wie ein Heiliger, sondern bat um eine Zigarette und ein Glas Wein.
Ich weiß nicht, ob man seinen letzten Wunsch erfüllte.
Aber als der Moment kam, wo er sich von seinem Körper lösen mußte, wurde er ein schwacher Mensch, der zitterte, statt laut seine Kampfparolen zu rufen.
Was mich am meisten berührte, war sein Ende, das einem Patrioten nicht entsprach.

Boden

Tiefhängende Wolken
Schafe weiden auf der Wiese
Im dunkelgrünen Wald Getöne der Vögel
Ich sehe Giebeldächer und die Turmspitze der Dorfkirche von Bürbach
Ich sehe junge Frauen mit blauen Augen und blondem Haar
Alles ist anders als in meiner Heimat
Doch Löwenzahn und Wegerich,
das auf dem Wanderweg zertretene Unkraut, sind mir vertraut
Zwischendurch: Erde - die immer wieder aufscheinende Farbe des Lehms
sie ist überall gleich.

Freund aus Hyocha-Dong

Ein Freund von mir
lebte mit seiner verwitweten Mutter
bis seine Haare ergrauten

Heute geht er einkaufen mit seiner Frau
An seiner Jacke trägt er
eine Trauerbinde für seine Mutter
und sucht sich eine Krawatte aus

Seit sie verheiratet sind
sehe ich sie zum erstenmal
so heiter und glücklich

Zukunft

Ankunft Seoul 19 Uhr 30
Planmäßig raste der Expresszug mit den Puppen
in ihren schicken Marken vorbei
Auf dem Feld im Frühsommer
bleiben leere Schienen zurück

Ein Schulmädchen geht langsam
den krummen Weg zwischen den Reisfeldern
Ein leichter Wind weht
zupft an der weißen Bluse und dem schwarzen Rock
Wie ganz und gar ungewiß ist ihre Zukunft
Sie blendet bei ihrer Spiegelung im Wasser des Reisfeldes

Ich

Wenn ich es mir recht überlege
ich bin
meines Vaters Sohn
meines Sohnes Vater
meines älteren Bruders jüngerer Bruder
meines jüngeren Bruders älterer Bruder
meiner Frau Ehemann
meiner Schwester Bruder
meines Onkels Neffe
meines Neffen Onkel
meines Lehrers Schüler
meines Schülers Lehrer
meines Landes Steuerzahler
meines Dorfes Armee-Reservist
meines Freundes Freund
meines Feindes Feind
meines Doktors Patient
meiner Stammkneipe Stammgast
meines Hundes Herr
meines Haushalts Vorstand

Also
bin ich ein
Sohn
Vater
jüngerer Bruder
älterer Bruder
Ehemann
Bruder
Neffe
Onkel
Schüler
Lehrer
Steuerzahler

Armee-Reservist
Freund
Feind
Patient
Stammgast
Hundsherr
Vorstand
und nicht nur
ein einziges Ich

sag mir
also
was ist das
Ich
das keiner kennt und das Ich
hier und jetzt
wer ist das,
Ich?

Menschen die ich treffen will

Sind alles Fremde für mich
und doch sind ihre Gesichter mir seltsam bekannt
Wie viele bekannte Fremde es gibt!
Wo haben wir uns zum ersten Mal gesehen?
War es im Hof des Kindergartens, wo die Küken die Körner
  pickten?
War es auf dem Dorfmarkt, wo wir an Zuckerwatte leckten?
Oder war´s auf der Bank auf dem Campus bei voller Akazienblüte?
Vielleicht doch auf der Dachterrasse der Kleiderfabrik, wo wir uns
  gegen die stechende Sonne behaupteten?
Oder am Marktplatz im Frühling, wo wir Tränen vergießend wie
  Tiere gejagt wurden?
War das nicht doch in der Nachtdienstzelle, wo wir um Wein
  Go spielten?
War das am Berggrat, wo wir keuchend Spione verfolgten?
War das vorm Knast, wo wir ganz früh auf unseren Freund
  warteten?
War das in der Pension in der Gasse, wo der Tofu-Händler
  klingelte?
War das im Gang der Entbindungsklinik, wo wir eine nach der
  anderen rauchten?
War das im Hochhausviertel, wo wir mit Knoblauch hausierten?
War das im Finanzamt, wo wir Mehrwertssteuererklärungen
  machten?
War das im Kino am Rande der Stadt, in der wir Reservedienst
  leisteten?
War das im Teehaus am Eckplatz, wo wir das weiße Kuvert mit
  Schmiergeld übergaben?
War das in der Wartehalle des Flughafens, wo wir umstiegen?
War das im Haus eines Toten, für den wir Nachtwache hielten?
Nein
alles Quatsch
die Erinnerung lügt
das ist eine unnütze Täuschung

Wir sind uns ja doch nur begegnet
und trafen uns nie

Die Tiefe der Muschel

Nach der Heirat erzählte sie ihm nie von ihrer ersten Liebe. Freilich, auch ihr Mann hatte nie sein Geheimnis verraten. Je länger man lebte, desto mehr wurde das Leben die große Enttäuschung. Um dies voreinander zu verbergen, sprachen sie viel. Doch blieb etwas ausgespart.
Die Enttäuschung häufte sich. Sie wurde wie Blei, und all das Unausgesprochene verhärtete sich wie eine Krebszelle im Herzen.

Gegen die Enttäuschung gab es kein Mittel. Dennoch: sie wollten sprechen, sie wollten ihr Herz ausschütten. Wenn sich später nur niemand erinnern würde, hätten sie es sicher erzählt. Ab und zu gab es Fälle, wo andere Ähnliches berichteten. Wenn sie solche Sätze beim Lesen fanden, freuten sie sich und unterstrichen sie. Und manchmal hörten sie auf die Musik, die treffender war als die Worte. Aber bis zu ihrem Ende hielten sie ihren Mund fest zu wie die Muschel.

Lange Zeit lebten sie so in ihrer endlosen Enttäuschung; und als sie dann starben, hatten sie bis zuletzt ihr Geheimnis im Herzen verborgen. Was sie verschwiegen, fehlt nun von der Geschichte; und auch von der Wahrheit. Wir wiederholen bis heute ihr Leben, spekulieren über die Tiefe und glauben doch an den Sinn des Seins auf dieser Welt.

Grabschrift

Er las keine Gedichte
Er las nicht einen Roman
Er lebte glücklich sein Leben
Er machte viel Geld
stieg auf in hohe Positionen
und hinterließ diesen prachtvollen Grabstein
Ein bekannter Schriftsteller
verfaßte, um ihn zu rühmen, sein Epitaph
Auch wenn die Welt sich in einen Aschenhaufen verwandelt
wird dieser Grabstein der Hitze der Flammen
wohl widerstehen
und als kostbares Dokument überleben
Was zum Teufel hält die Geschichte da fest?
Wo hätten die Dichter noch Platz für ihr Grab?

Vor einem alten Weihrauchgefäß

War es früher wirklich anders als heute?
Jeder hätte ein wohlgeformtes, harmonisches
hübsches Weihrauchgefäß wohl bevorzugt
und liebevoll aufbewahrt
Aber dies ist gar kein besonders erlesenes,
mit Deckel versehenes, türkisfarbenes Weihrauchgefäß
das einem den Blick auf Wolken und Lotusblumen
von vor 800 Jahren gewährt
Es ist eins
das geplatzt und gerissen aus dem Ofen kam
Weihrauch wurde niemals in ihm verbrannt
es lag herumgestoßen im Schuppen des Töpfers
und genau dieser häßliche, eckige Pott
überdauerte all die Zeit
und überlebte bis heute
In seiner verzerrten Form
enthält er alle Himmel des alten Reiches Koryo

Requiem

Vielleicht war es so, daß es ihn von Anfang an gar nicht gab
Das dachte ich, als ich dem Meer gegenüberstand,
bei Anbruch der Dämmerung eine Sanduhr betrachtend
und manchmal, wenn ich vor einer Ampel an einer Kreuzung
  stutzte
Nein
Es gab ihn bestimmt
Er hinterließ
seine Kleider neben dem Fenster hängend die sich in der Brise
  bewegten
seine Brille lag schräg auf dem Tisch
fünf Zigaretten sind übrig
und eine halbe Flasche seines Lieblingsschnapses
Vielleicht ist er nur sehr weit fortgegangen?
Er hat sich losgemacht von seinem Blick, der Stimme und den
  Gesten
und schließlich nur den Körper hinterlassen
Vielleicht sind wir es, die zurückgeblieben sind nach seinem
  Fortgehen?
Nein
Nur seine Schuhe hinterlassend
war er plötzlich ins Innere gegangen
in der Erinnerung verschwunden
Bleiben wir dann draußen?
Vielleicht lungern wir draußen herum
und schauen nach ihm?
Das bräuchten wir nicht!
Nichts kann ihn jetzt noch verbergen oder uns verstecken
Er ist da in der klarsten Gestalt
im Inneren
Denkt nicht an ihn
seht ihn an

Er

Er ist alt und weißhaarig wie ein ferner Ahne
und wenn man ihn treffen will
sind Einfluß und Geld keine Hilfe
In einem gemütlichen Zimmer mit Zentralheizung
in einem bequemen Armsessel sitzend und betend
mit schöner Stimme singend
kann man ihn nicht erreichen
Er ist an einem Platz
den kein Wagen erreichen kann
wie schnell er auch immer fahren würde

Wenn man ihn wirklich treffen will
gibt es keine andere Möglichkeit als zu laufen
nackt über steinige Felder und lehmige Wege
die nicht asphaltiert sind
schwitzend auf eigenen Füßen
Wenn sie voll Blasen gelaufen sind dann setz Dich an die Seite
Schleppe Dich dann über den Hügel
und mit einem Blick auf das Abendrot
schöpfe Wasser mit den Händen aus dem Bach und trinke
folge dann dem dunklen Weg der Nacht
Schritt für Schritt ohne ein Wegmal
und wenn Du fällst mußt Du weiter tasten und kriechen

Erreichst Du so seine Nähe
wird all Dein Wissen und Dein Besitz unbrauchbar
alle Gebete und Lieder nutzlos
Statt Dich zu freuen über das endlich erreichte Treffen
weißt Du noch immer nicht wer er ist
und sinkst neben ihm nieder
Du fällst in einen tiefen Schlaf
aus dem es kein Erwachen gibt

Die Spur des Menschen 450815

Heute ist wieder Befreiungstag. Es ist ein Festtag und Samstag. Es ist das letzte lange Wochenende dieses so unglaublich heißen Sommers. Wir kämpfen uns durch die Stadt, fahren ans Wasser oder in die Berge. Wir wollen einen schönen Tag verbringen.
Wann war das? Ich habe den Tag und mit ihm Dich vergessen.

Mit der kräftigen Morgensonne im Rücken begabst Du Dich auf den langen Weg Richtung Westen. Ein stattlicher Schatten ging wie ein Riese voraus und führte Dich.
Rasch gingst Du und schweratmend liefst Du.
Auf dem Mittagspaß standest Du, auf dem eigenen Schatten und wischtest stolz den Schweiß beiseite. Wenn wir den Fluß der Zeit hätten anhalten können, hätten wir uns nicht von Dir getrennt.
Auf den abschüssigen Pfad Richtung Westen fielen mit einem Mal ein, zwei Blätter, und der Schatten, der Dir nachlief, hat seine Kraft verloren, wurde länger und lastete auf Deinen Schritten.
Als schließlich die Dämmerung auf den schneebedeckten Feldern Dich durchdrang, verließ Dein Schatten Dich ermüdend. Du wandertest allein ins Reich der Dunkelheit. Umgeben von dieser blendenden Schwärze hieltest Du zum erstenmal an.

Die Tauben gurrten im Kiefernwald. Du saßt den ganzen Tag gelangweilt, selbst ohne Schatten, neben dem Grab, auf dem die Elstern landeten, um ihr Gefieder zu putzen.
Manchmal wurdest Du ein bleicher Geist und besuchtest mich in flatternden Fledermausträumen.

An jenem Tag standest Du plötzlich in unserem Hof. Du hattest den vertrauten Gürtel umgebunden und zogst, ein kleines Kind, das Du geworden warst, mit kleinem Schatten, ein sonnenhelles Lachen vor mir auf.
Wer warst Du, der vor mir ging? Wer bist Du, der mir jetzt folgt?
Und heute ist was für ein Tag?

Das Herz des K'nak-Berges

An Tagen wo mein Herz bekümmert ist
weil ich nicht noch einmal wiedergeboren werde
verlasse ich mein Haus
und gehe fort in die Berge
Wenn ich dort hoch auf dem Grat stehe
ist die Welt voll
verstreuter Felsen und dichter Büsche
Unter den Blättern der Traubeneichen schleicht eine Wildkatze
und eine Eidechse aalt sich
auf einem verrottenden Baumstumpf in der Sonne
Ich beneide all diese Bäume und Tiere
die die Erde und den Himmel zur Heimat haben
genügsam leben mit nichts als ihren nackten Körpern
und all die Blumen und Insekten
die sterben und wiedergeboren werden Jahr für Jahr
Ich lasse ein heldisches „Ya-hoh" heraus
aber da es keinen Hausherren der Berge gibt
bekomme ich nur meine wandernde Stimme zurück
Ich könnte die hohen Gipfel erklimmen
oder hinabsteigen in die tiefen Schluchten
der Berg hat kein Zentrum
Überall vermischt sich der Gesang der Gebirgsvögel
und fließt mit dem schäumenden Fluß
während der Geruch der dunkelgrünen Wälder
wie Dampf kühlend aufsteigt
Unfähig mich auf einen Zweig zu setzen
Unfähig zusammengekauert in einer Spalte zu schlafen
Unfähig mit den gefallenen Blättern zu verrotten
lasse ich mein Herz zurück
das sich danach sehnt in den Bergen zu leben, und gehe fort
An den Tagen wenn ich vom K'nack Berg zurück bin
werde ich als namensloser kleiner Hügel
wieder geboren
in Haus und Dorf

Das Gesicht und der Spiegel

Wenn wir in den gewellten Spiegel sehen
wandern die Augen unter das Kinn
und die Nase über die Augen
steigen die Ohren wie Hörner auf den Kopf
und die Eckzähne ragen heraus wie die Draculas
Sieht unser Gesicht wirklich so aus?
Oder ist der Spiegel schuld?

Wenn Dracula mit seinen Augen unter dem Kinn
mit seiner Nase unter den Augen
mit seinen Ohren auf dem Kopf
und seinen herausragenden Eckzähnen
in den gewellten Spiegel sieht
nimmt er die hübsche Gestalt des Normalmenschen an
Sieht Draculas Gesicht wirklich so aus?
Oder ist der Spiegel schuld?

Das ist ein allzu bescheidener Wunsch
aber ich sehne mich nach einem Spiegel
der Mensch als Mensch zeigt
und Dracula als Dracula

IV. NEBELLAND

Jemand

Jemand hat die Bushaltestelle in der Glockenstrasse abgeschafft

Jemand trillert von fern mit der Pfeife
und nähert sich hinter unserem Rücken
Er belauschte unsere Gespräche
er beobachtete heimlich unsere Liebe
er stahl uns den tiefen Schlaf
er durchwühlte unser glückliches Heim wie einen Puff
und zertrat das sorgsam gepflegte Blumenbeet
Jemand verschmutzte unseren klaren Himmel
und hat unser grünes Dorf mit Stacheldraht umzogen
er hat Altöl ins weite Meer gekippt
hat unser Treffen gestört
hat uns verboten weiterzugehen
hat unsere guten Nachbarn verschleppt
Jemand hält ein Maschinengewehr auf unseren Rücken gerichtet
er verbindet uns die Augen
knebelt uns den Mund
würgt unsere Kehle
pumpt Luft in unsere Adern
Jemand kommt mit einem Messer in unseren Kopf
und zerschneidet das Großhirn
er liest unsere Texte, bevor wir sie schrieben
Jemand schlägt aus der Ferne die Trommel
und treibt uns in eine Sackgasse

Wer ist dieser Jemand, den wir nicht gebeten haben?

Geister

Pssst

Schau auf das schwarze Auto
das durch die Dunkelheit rast
Schau diesen Mann in Alltagskleidung
der rauchend in die Seitengasse verschwindet
Schau diese Ölflecken
wie sie sich auf dem verwüsteten Boden ausbreiten
Schau diese Eisenstücke, die auf der Straße verstreut sind

Wenn ihr die Gestalt der Geister nicht seht
müßt ihr blind sein

Sie sind im fliegenden Staub
der sich bei jedem Atemzug in die Lunge senkt
bis wir schließlich ersticken

Wenn ihr die Stimmen der Geister nicht hört
müßt ihr taub sein

Hört die Stimmen jener Leichen
die ins Wasser gesunken verrotten
Hört die Stimmen jener geschundenen Körper
aus jedem Kamin den Himmel ausfüllen
Hört das Stöhnen aus dem verbissenen Mund, der seine Lippen
bis zum Ende nicht öffnet
Hört die gebrüllten Befehle ertönen über den sandigen, baumlosen
Paradeplatz

Pssst

Kein Mensch

Er ist kein gewöhnlicher Mensch
auf keinen Fall ein normaler Mensch
Viel nachsichtiger als ein gewöhnlicher Mensch
Viel grausamer als ein normaler Mensch
Er ist kein schwacher Mensch
der seine Tränen unterdrückt
Er ist nicht so einer, der sich den Mond betrachtend
nach alten Tagen zurücksehnt
Vor gespannten Zuschauern
schnappte er rasch den Ball wie ein Torwart
Er ist kein Mensch
der den ganzen Tag arbeitet und abends nach Hause geht
und auch kein Mensch
der aus Furcht vor Verkehrspolizisten in seiner Spur bleibt
Brauchbare Worte reißt er an sich
und formt daraus eine weiße Vase des Schweigens
Er ist kein Mensch, der mit Worten redet
Er ist kein Mensch
der, die rollenden Wellen betrachtend
die Gedanken des Meeres errät
Er ist kein Mensch, der in die Morgendämmerung läuft
und dabei glaubt, das einzige, was er glauben könne
sei das Ichselbst von gestern
Er ist kein Mensch, der mit gesenktem Kopf
wortlos jemandem folgt
Eine heilige Last mühevoll tragend
geht er stets uns voran
Er ist keineswegs ein normaler Mensch
kein gewöhnlicher Mensch
mit einem Wort: kein Mensch

Die Arbeit des Herrn O

Was macht unser Nachbar
der Herr O?

Vor seinem Haus
hing eine extrahelle Laterne
Er hatte keine geregelte Arbeitszeit
und war schwer auf der Straße zu treffen
wir konnten nicht wissen womit er sich beschäftigt
Eines Tages erschien am Eingang der Gasse ein Schild
mit dem Hinweis: Bei Familie O ist einer gestorben
und plötzlich wurde die Gasse von schwarzen Autos gestürmt
Eine Kette von Luxuskarossen
in jedem ein einzelner Fahrgast mit stechendem Blick
fuhr vor,
gab sein Beileid in Geld,
und fuhr gleich wieder weg
aber niemand kam mit dem Taxi
oder zu Fuß

Aha, ich begreife erst jetzt
was Herr O ein Leben lang gearbeitet hat

Kleine Blumen

Tränengaswolken von überall, stechend scharf
scheinen sie in die Nase des Himmels gestiegen
Vom Taifun zur falschen Zeit niedergepeitscht
liegen die Magnolienblüten alle am Boden
Die frischgepflanzten Bäume der Allee entwurzelt
und weggefetzt sogar die Werbetafeln am Hochhaus
dann werden die kleinen Blumen wohl auch alle hin sein,
dachte ich
Doch als der verspätete Nordwind nachließ
leuchtete an den Rändern der Wege das Gelb der Forsythien
standen die Azaleen an den Hängen der Hügel in voller Pracht
Die kleinen Blütenblätter haben im Regen gezittert
die zarten Blumenstengel waren vom Wind verbogen
doch beide hatten den Frühling viel besser verteidigt
als die aus den Eisenhaken gerissenenen Schilder

April bis Mai

Ich weiß nicht ganz sicher wann es begann
aber heutzutage kommt der April jedes Jahr
und geht nicht mehr
Wenn Azaleen und Forsythien überall blühen
und sich der Fliederduft verstärkt
dann flattern die zerissenen, verbleichten Flaggen
und die alte Rückenwunde bricht wieder auf
alle Knochen beginnen zu schmerzen
und aus der abgetrockneten Wunde
fließt Blut
Ist das ein Rückfall oder Wiederauferstehung?
An einem Tag wo Akazien prachtvoll blühen
und der Kuckuksruf traurig macht
Auf dem Steg zwischen dem Neugrün des Reisfelds
tragen Frauen Särge vorbei
während vom Müllplatz im Wald oder am Straßenrand
Leichen ohne ein Totengewand sich erheben
sie schlafen nicht ein
verrotten nicht
sind unvergessen
nur die Zeit häuft sich an
Ich bin nicht sicher wann es begann
aber jedes Jahr kommt jetzt der Mai
und geht nicht wieder

Sommer ohne Zikaden

Eine Zikade, die im Persimonbaum sang
flog weg und hielt plötzlich in der Luft
Da war ein Spinnennetz
Die Spinne, die sich unter der Dachrinne versteckte
wickelte die kämpfende Zikade sofort ein
Bereuen und Ausreden nützten nichts
geschweige denn
gutes Gewissen, Ideologie usw.
Die schöne Stimme der Zikade
war sieben Jahre lang gepflegt
und nun in sieben Tagen schon
als Spinnenfutter hingelegt
Jawohl, einmal gefangen ist das Ende
Die Zikaden hörten auf zu singen
flogen nicht mehr
Das war ein äußerst schwüler, langer Sommer

Abzocker am Straßenrand

Es sind nur fünf Münzen
Wenn Du sie wirfst
ist das Ergebnis klar
Kopf
oder
Zahl

Aber mit Raffinesse
verschoben
ausgetauscht
hochgeworfen
gefangen

Selbst wenn Du alle Kombinationsmöglichkleiten
durchspielen würdest
kannst Du nichts machen
sobald Du Dein Geld hingelegt hast
bevor Du nur blinzelst
ist es verloren

Wisch Dir die Augen
Schau nochmal
immer noch fünf Münzen
Kopf
oder
Zahl

Nichts hat sich geändert
außer der Frage
Wer schnappt sich das Geld?

Herbsthimmel

Ein blauer Himmel
ohne die winzigste Wolke
ist leer
kein Ding, das die Erde bedeckt
keins, das den Himmel verschleiert
nur stechende Sonne
stetiger Wind.
Der Gedanke: aus diesem Himmel
könnte kein einziges Laubblatt herabwehen
macht Angst
Wie lange
wird es der Himmel ertragen?
Als hätte man auf Befehl
alles weggefegt:
so ein blauer Herbsthimmel
ohne die winzigste Wolke
zum Fürchten

Tod eines jungen Krebses

Ein junger Krebs
zusammen mit seiner Mutter gefangen

stolpert aus dem Korb eines Händlers
während die großen Krebse an einer Strohkette hängen
Schaum spucken und unnütz die Scheren klappern
macht er sich davon, krabbelt seitwärts über den Straßenasphalt
auf der Suche nach seiner Kinderzeit, dem Versteckspielen im
Matsch,
der Freiheit des Meeres
Er streckt seine Augen aus, schaut sich überall um
dann stirbt er unter den Rädern des Militärjeeps
völlig zerquetscht

Wo sein Leichnam verwest, seitab im Staub
steigt ein himmlisches Licht auf, von niemand bemerkt.

Eine Zugfahrt nach Seoul

Wenn du an den Abendfeldern voll Herbstrauch
vorüberkommst auf dem Weg nach Seoul
vielleicht findest Du an dem schwingenden Fenster
ein fremdes Gesicht
Glaub nicht, daß das Du bist!
Sind um Dich her nicht bekannte Gesichter
die trockenen Tintenfisch kauen und Karten spielen
Wenn Du die farbigen Dorfdächer siehst, die im Abendrot schreien
die Fernsehantennen, die wie Libellen erzittern
die Leser der Illustrierten rundum
dann nick mit dem Kopf!
Horch nicht auf die schwervernehmbaren Stimmen
auf das Heulen der Grashüpfer, die in Pestiziden ersticken
auf das Rauschen der elektrischen Welle nach dem Programmschluß
Sind nicht die Märsche, die durch den Lautsprecher tönen
und die Geräusche der Fahrt leicht und belebend?
Schon immer vergleichen die Menschen ihr Leben mit einer Reise
Hab eine fröhliche Reise
und trink dabei Bier oder, zumindest Cola!
Denk möglichst nicht!
Bei Überraschungen
sag einfach: Ah!
Wenn Du mehr sagen willst, halt den Mund!
Doch wenn Dir das Schweigen zu peinlich wird
dann sprich
über die lange Trockenzeit
die Fußballspiele in Argentinien
das wachsende Bruttosozialprodukt und den Aktienmarkt
Das ist gut für Dich
und für mich

Ansichten über den Sonnenkalender

Daß ein Jahr aus 365 Tagen besteht
ist jedenfalls zu kurz
Um angefangene Arbeiten fortzuführen
und um fortgeführte zu beenden
ist es auf jeden Fall zu kurz
Wenn ich Macht hätte
Macht, die vergehende Zeit zu beherrschen
würde ich ab sofort den Kalender ändern
und ein neues Jahr
nur jedes dritte kommen lassen

(So dachte einer
zu Neujahr
während alle anderen wie folgt dachten)

Daß ein Jahr aus 365 Tagen besteht
ist jedenfalls zu lang
Um angefangene Arbeiten fortzuführen
und um fortgeführte zu beenden
ist es auf jeden Fall zu lang
Wenn es nach uns ginge
ginge es so, daß die Erde sich nach unserem Willen drehte
Wir würden uns zusammentun
und könnten dreimal im Jahr
das neue Jahr kommen lassen
dreimal im Jahr
neuen Frühling

Almanach

Im Frühling werden sie erwachen
sich streckend werden sie aufstehen wollen
Laß sie nicht aufstehen
Lehr sie, wie süß
ein Morgenbett ist

Räum diese Hügel auf
wo die Felsen in Unordnung sind
Pflanz nur Bäume, deren Holz brauchbar ist
und laß sie gerade wachsen

Schick ihnen den Frühsommerwind
der in jede Wunde Blütenduft trägt
wenn er durch den Akazienwald weht

Mach sie durstig
mit der Dürre des Juni
Ertränk sie
in den anschwellenden Wassern des Juli

Laß die kurvigen Flüsse
gerade fließen
oder gib dem Kind, das im Hochhaus am Fluß geboren wurde
eine Nummer anstelle des Namens

Erschrick sie mit den Herbstnebelbänken
die die Gipfel bedecken
und in den Kiefernwald hinter dem Dorf niedergehen

Wenn der Winter kommt werden sie frieren
Sie werden am ganzen Körper zitternd ans Feuer wollen
Laß sie sich nicht nähern
Sag ihnen, daß der Frühling kommt wenn der Winter vorbei ist
Laß sie in Winterschlaf fallen

Dünne Schatten der alten Liebe

Am Ende des Jahres nach dem 19. April
trafen wir uns fünf Uhr nachmittags
schüttelten unsere Hände
und saßen dann in einem ungeheizten Raum beisammen
weißen Kondensatem ausstoßend
diskutierten wir hitzig
Dumm genug glaubten wir
für etwas anderes leben zu können
für etwas außerhalb von Politik
Das Treffen endete ohne Ergebnis und abends
tranken wir Reiswein am Hyehwa-Dong-Kreisel
und sorgten uns ganz naiv
um Liebesprobleme und Teilzeitjobs und auch Militärdienst
Wir sangen so laut wir konnten
wir sangen Lieder, die niemand hören
und die niemand nachahmen konnte
Diese Lieder sangen wir unbelohnt
Sie stiegen auf in den Winterhimmel
und fielen wie Sternschnuppen

Achtzehn Jahre später trafen wir uns wieder
alle trugen wir Schlipse
jeder von uns war irgendetwas geworden
Wir waren die ältere Generation mit Angst vor der Revolution
Wir sammelten Geld für die Kosten der Party
fragten nach Frau und nach Kindern
fragten einander nach dem Gehalt
man machte sich Sorgen wegen der steigenden Preise
klagte fröhlich über den Lauf der Welt
und tauschte gewohnheitsmäßig ganz leise Gerüchte
Wir alle lebten um weiterzuleben
Diesmal sang keiner mehr
Wein und teure Beilagen hinterlassend
notierten wir unsere neuen Telefonnummern und trennten uns

Einige gingen zum Pokern
Andere zum Tanzen
Und einige gingen mit leerem Herzen
die alte Universitätsstraße entlang
dorthin wo wir nach der langen Wanderung
mit aufgerollten Kalendern unter dem Arm zurückkehrten
Wo unsere alte Liebe geblutet hatte
stehen jetzt verdächtige Häuser herum
Allein die Platanen standen noch dort wo sie waren
Ein paar übriggebliebene Blätter zitterten im Wind
und ließen uns die Köpfe senken
Schämt Ihr Euch nicht?
Schämt Ihr Euch nicht?
Das Flüstern des Windes zog an den Ohren vorbei
absichtlich sprachen wir von der Gesundheit der mittleren Jahre
und machten noch einen weiteren Schritt tief in den Sumpf

Kleine Männer

Sie werden kleiner
immer kleiner
noch nicht ausgewachsen begannen sie kleiner zu werden
Noch ehe sie die erste Liebe erlebten, dachten sie an all die Kriege
 und begannen kleiner zu werden
Je älter sie wurden desto kleiner wurden sie
Wenn sie das Gähnen abbrechen werden sie kleiner
Wenn sie vor schrecklichen Alpträumen schaudern
 werden sie kleiner
Bei jedem Anklopfen an die Tür werden sie kleiner
Sie zögern selbst noch vor der grünen Ampel und werden kleiner
Während sie klagen, daß sie nicht schnell genug altern,
 werden sie kleiner
Während sie die Köpfe in Zeitungen vergraben, ist die Welt Ihnen
 zu friedlich und sie werden kleiner
Sie tragen Krawatten und stehen in Reih und Glied, werden kleiner
Während sie ans Geschäft und ihr Geld denken
 werden sie kleiner
Während sie auf unhörbare Befehle horchen werden sie kleiner
Während sie Worte wiederholen, die identisch sind wie Uniformen,
 werden sie kleiner
Während sie mit unsichtbaren Feinden kämpfen werden sie kleiner
Während sie umtriebig auf zahlreichen Treffen klatschen
 werden sie kleiner
Während sie mit den Mächtigen speisen und sich die Zähne
 stochern werden sie kleiner
Während sie fett werden und Golf spielen, werden sie kleiner
Während sie Cocktail-Parties besuchen und Scotch trinken
 werden sie kleiner
Während sie ihre zu groß geratenen Frauen umarmen
 werden sie kleiner

Sie sind kleiner geworden
Ja, am Ende sind sie ganz klein

Sie sind kleiner geworden als die blickschnellen Spatzen, die aus dem Hof in die Dachrinne fliegen
Jetzt wissen sie, wie man raucht, während man eine Gasmaske trägt
Sie lachen da, wo es gar nichts zu lachen gibt, am lautesten
Sie können traurig sein über Dinge, die gar nicht traurig sind
Sie können Freude in ihrem Inneren verbergen
Sie können den Ärger von Fall zu Fall genauestens dosieren
Sie können das, was sie fühlen, verbergen und einander mit bösen Blicken durchbohren
Sie können das Nachdenken über nichtgestellte Fragen vermeiden
Sie sind sich ihres Glückes bewußt, wenn sie am Gefängnis vorbeigehen
Wenn es regnet, nehmen sie jeder für sich ihren Schirm und biegen in die enge Gasse ein
Statt auf dem freien Feld zu tanzen, singen sie in den Kneipen Falsett
Auch wenn sie lieben geizen sie mit jeder Liebkosung, die keine Rendite bringt
Wirklich
sie sind kleiner geworden
ganz klein, klein genug
Nur ihr Name, ihr Alter und ihr Beruf sind noch da
Sie sind so klein, daß sie unsichtbar wurden

Noch kleiner können sie nicht werden

An den Halbmondbären

Ist irgendwas neu unter der Sonne?
Auch Schöpfung ist nichts anderes als eine Wirkung
Am Anfang war eine Ursache
gefolgt von der Wirkung
Die Wirkung wiederum verursachte etwas
und diese Ursache zog nochmals Wirkung nach sich
Die alte Ursache mit ihrer Wirkung wurde ersetzt
und die neue Ursache mit Wirkung zog ein
bis sie schließlich heute hier ankam
In diesem Fall ist natürlich gestern die Ursache von heute
und heute die Wirkung von gestern
zugleich aber auch die Ursache von morgen
und morgen zweifelsfrei wieder die Wirkung von gestern
Du dummer Bär versuchst Ursache und Wirkung zu trennen!
Du sollst nicht versuchen eine Wirkung ohne Ursache zu basteln
indem Du die alte Wirkung die neue Ursache
und eine neue Ursache die alte Wirkung nennst
Manchmal kann auch der Tod eine Ursache sein
Nichts ist neu unter der Sonne

Nebelland

Im Lande
des immerwährenden Nebels
geschieht nie etwas
Geschieht doch etwas
sieht man es nicht
wegen des Nebels
Wenn man im Nebel lebt
gewöhnt man sich daran
man will nichts mehr sehen
Daher darf man im Nebelland
nicht versuchen zu sehen
Hören muß man
Hört man nicht, kann man nicht leben
Die Ohren werden immer länger
Menschen wie Hasen mit weißen Nebelohren
leben im Nebelland

Trikolore

Im Nebelland
wollten alle beamtet werden
und als Beamte in schwarzer Uniform
dazu noch die Macht
Als schließlich alle Beamte geworden waren
gab es kein Volk mehr, das Steuern zahlte
Notgedrungen vereinbarten sie
so wie man Tages- und Nachtdienste macht
der Reihe nach Volk zu sein

Im Nebelland
wollten alle Kaufmann werden
und als Kaufleute in gelber Uniform
viel Geld verdienen
Als schließlich alle Kaufleute waren
gab es keine Kunden mehr, die etwas kauften
Notgedrungen vereinbarten sie
so wie man Vorsitzende wählt
Kunden zu ernennen

Im Nebelland
wollten alle Soldat werden
und als Soldaten in grüner Uniform
das Land verteidigen
Als schließlich alle Soldaten waren
gab es niemand mehr, den man verteidigen konnte
Notgedrungen hielten sie
so wie die Wache sich ablöst
Zivilistendienst ab

(Dies alles bezieht sich auf die schwarz-gelb-güne Trikolore, die Flagge des Nebellands, das habe ich viel zu spät bemerkt)

Dialogische Übung

(Im Nebelland wollte ich so gern Freundschaft schließen mit aller Welt. Beim Einkaufen wollte ich Schnäppchen machen. Aber meine Worte wurden von niemandem verstanden. Der Grund war, daß ich die Grundstrukturen des folgenden Dialogs nicht beherrschte.)

Nein
Das ist falsch
Ich bin dagegen

Jawohl, mein Herr
Sie haben recht
Ich bin dafür

Natürlich
Du mußt dafür sein
Da gibt's nichts zu widersprechen
In Deinem Wörterbuch gibt es das Wort Dagegen nicht
in meinem fehlt das Wort Dafür

Obwohl wir die gleichen Wörter benutzen
ist unser Wörterbuch verschieden
In Zukunft werde ich darauf achten
dafür zu sein, bevor Sie noch dagegen sind

Damals

Wer wüßte es nicht?
Jeder hat es gefühlt
Jeder hat es erlebt
Wer wüßte das nicht?

Damals hat jeder getan
als ob er nichts wüßte obwohl er es wußte
Wovon keiner zu reden
und keiner zu schreiben wagte
das habe ich so
in unserer Sprache erzählt
in unserer Schrift geschrieben
und hinterlassen

Wer wüßte das nicht?
Rede jetzt nicht so leicht
sondern denke daran
was du damals getan hast

Verspätete Einsicht

Zufällig sind wir als Brüder geboren
Mein älterer Bruder, der so gern Krieg spielte
wurde ein hochdekorierter General
Ich liebte das Malen und wurde ein einfacher Soldat
der den Pflasterstein zeichnet
So spielt das Leben eben
Aber das würde sich in der Zukunft schon ändern
dachte ich
als ich die Tage bis zur Entlassung zählte
Unsere ältere Schwester
uns zur Gesellschaft geboren, war puppenhaft schön
und die Gattin eines reichen Großunternehmers geworden
Ich, der leicht weinte
wurde Fabrikarbeiter mit Brille
Das Leben geht wirklich seltsame Wege
aber jeder geht seinen eigenen
so dachte ich, als ich auf den Bus wartete
der nicht kam
Wir sind als Landsleute geboren
Manche sind Beamte geworden, die uns regieren
Manche Angestellte, treu wie Hunde
Manche sind Hausfrauen, die billige Fische einkaufen
Manche sitzen im Gefängnis, das wir mit eigenen Händen bauten
Die Geschichte, die sich ständig ändert und doch immer gleich
bleibt
ist auf der Seite der Sieger
doch die Zahl der Verlierer war immer die größere
Wir können nicht nochmal von vorne beginnen
aber so enden lassen geht auch nicht
denke ich jetzt

Hoffnung

Ist auch das Wort Hoffnung
strenggenommen
ein Fremdwort?
Mit einem Freund, der nachts
vom Regen durchnäßt, mich besuchte
wechselte ich verzweifelte Worte
und dachte erneut an Hoffnung
Hoffnung gäbe es für verzweifelte Leute
zitierte er Benjamin
Ich verzweifle
also habe ich Hoffnung
äffte ich nach Descartes
Aber die Worte des Juden
der sich vor Verzweiflung das Leben nahm
könnten auch falsch sein
Denn Hoffnung gibt es
keineswegs für Verzweifelte
sondern für den
der die Hoffnung nicht verlor
Sind wir in diesem Fall
in dieser Nacht
wo wir von Hoffnung sprechen
wie der verfolgte Jude
Verzweifelte oder noch hoffnungsvoll?
Als die Ausgangssperre endete
verschwand er in die Dunkelheit
Seine rotgeäderten Augen glänzten vor Verzweiflung
Es ist richtig. Auch in der Stunde der Verzweiflung
liegt immer noch Hoffnung vor uns
Sie kommt nicht von irgendwo her
Sie wird uns nicht von jemandem geschenkt
Sie ist etwas das wir zu erkämpfen haben
und zu verteidigen
Hoffnung

ist keinesfalls
ein Fremdwort

An meine Kinder

Meidet gefährliche Orte
und unterlaßt alles Verdächtige
das waren immer die Worte meines verstorbenen Vaters
Hätte ich, seinem Rat folgend, niemals das Haus verlassen
wie eine Katze auf der sonnigen Veranda
wäre ich immer der liebe Sohn geblieben
ein Mensch, der friedlich lebt
ein Mensch, der nichts tut
ein Mensch, der keine Spur hinterläßt
Es gäbe keinen Grund, daß das Leben schwer wird,
wenn ich dem folgen würde, dachte ich
Aber es ist auch nicht einfach so zu leben
Mir fehlt der Charakter
Bei Taifun hocke ich zu Hause
sortiere vielgelesene Bücher aus
verbrenne alte Tagebücher
zerreiße immer wieder etwas
um nichts zu hinterlassen
Wird doch noch etwas übrig bleiben?
Wird sich jemand an mich erinnern
wenn ich eines Tages plötzlich all das nicht mehr tun kann?
Vielleicht erreicht mich ein seltsamer Anruf
bevor das geschieht?
Bei Erdbeben ist es gefährlich zu Hause zu sein
Man wird verdächtigt, auch wenn man nichts tut
Um die Sünde des ruhigen Lebens zu vermeiden
werde ich meinen Kindern Folgendes sagen:
Lebt nicht friedlich
Tut etwas
Hinterlaßt Spuren
auch wenn es peinliche sind

Neues Tor

Damit einer vielleicht einmal im Jahr
ein- oder ausgeht
bauten sie solch ein riesiges Tor
in der Mitte ein
Tag und Nacht wurde es von 12 Wächtern bewacht
„Benutzung des Haupttors verboten“
Schau dieses prachtvolle Tor
Auf keinen Fall dürfen gewöhnliche Menschen
hinein- oder hinausgehen
für den einen ist es
zu weit geöffnet
für den anderen
für immer zu

Es steht da
nicht um geöffnet zu werden
sondern um geschlossen zu werden
nicht um ein- oder auszugehen
sondern um zuzusperren
das ist für uns
kein Tor
sondern eine Mauer
Laßt uns die Mauer
zerstören
die sich uns in den Weg stellt

Laßt uns die Marmortreppe
vernichten
die niemand betreten darf
Laßt uns die Granitsäulen
umstürzen
denen keiner sich nähern darf
Laßt uns das eiserne Tor
zerschlagen

durch das niemand ein- oder ausgehen darf

Also laßt uns
das große Tor
vernichten
das wir nicht benutzen dürfen
Laßt es uns vernichten und lieber
an dessen Stelle eine Mauer errichten
Laßt uns dort
ein neues Tor
bauen
ein Tor
durch das jeder hinein- und hinausgehen darf

Anmerkungen der Übersetzer

Hinterhof eines Tempels (S. 20)

„Grast ein weißer Ochse“: Motiv aus der Wandmalerei in den Tempeln, die den Vorgang der buddhistischen Erweckung in zehn Szenen darstellt: Ein Junge geht auf die Suche nach dem eigenen Ich, das in Gestalt eines Ochsen als Symbol der Weisheit verkörpert wird. Er folgt dessen Spuren, findet das braune Tier, gibt sich Mühe, es zu bändigen und kann schließlich auf ihm reiten. Während er Flöte spielend auf dem Ochsen über die Berge und Bäche nach Haus kommt, verwandelt sich der Ochse allmählich in ein weißes Tier. Gleichzeitig wird der junge Mann auf ihm immer älter. Als der Suchende zu Haus ankommt, findet er sich plötzlich allein ohne Ochsen. Einzig mit einem Stock und einem kleinen Bündel ausgestattet, schlendert er nun als ein alter Erleuchteter müßig im Gebirge und will wohl hinunter zu den Menschen, um sie zu erlösen. Das Ganze ist ein in Bildern dargestelltes buddhistisches Epigramm, das besagt, daß man die Wahrheit nicht in einem Tempel, sondern im eigenen Herzen suchen soll.

Schritte in der Dunkelheit (S. 29)

KIM Gu (1876-1949): koreanischer Patriot, der für die Befreiung von der japanischen Kolonialherrschaft (1910-1945) kämpfte und deswegen mehrfach eingesperrt wurde. 1944 wurde er Präsident der provisorischen Regierung Koreas in Schanghai. Nach 1945 erstrebte er die Zusammenarbeit der Rechts- und Linksparteien bei der Gründung der neuen Regierung. Er war beim Volk und vor allem bei Intellektuellen beliebt und fiel vermutlich deswegen einem Attentat durch seinen politischen Gegner zum Opfer.

Chuksan: Gelehrtenname von CHO Bongam (1898-1959): koreanischer Politiker, der als Kampfaktion gegen die japanische Kolonialherrschaft an der Gründung der kommunistischen Partei Koreas teilgenommen hatte, aber nach der Unabhängigkeit Koreas bald aus der Partei austrat. Durch diese Bekehrung war er an der Gründung der neuen Regierung als erster Landwirtschaftsminister Südkoreas beteiligt und machte Karriere. Nach dem Verlust seines Wahlkampfs gegen den damaligen Präsidenten Rhee gründete er 1956 eine progressive Partei. Wegen seiner Aktivitäten wurde er von rechtsradikalen Machthabern verfolgt und erhängt.

Frühlingsstraße (S. 34)
Magkoli ist ein milchfarbiger, trüber Reiswein, aus der Faßneige geseiht. Früher ein Getränk der Bauern und des einfachen Volkes.

Inwang-Berg (S. 37)
Inwang-Berg: 338m hoher, ausladender Felsenberg im Westen der Altstadt von Seoul. Nach der geomantischen Vorstellung soll er zusammen mit dem Han-Fluß eine wichtige Stütze für Seoul als Hauptstadt der 500-jährigen Yi-Dynastie sein. Bis zur ersten Hälfte des 20. Jahrhunderts lebten in den Wäldern des Berges noch Tiger, die manchmal in die Häuser in der Nähe eindrangen, um Menschen zu schnappen. Der Lyriker KIM Kwang-Kyu wurde im Wohnviertel am Fuß dieses Berges geboren, der als Symbol seiner Heimatstadt seine Kindheitserinnerungen prägte.

Heimat (S. 38)
Han-Fluß: Der 514 km lange Fluß entspringt im Gebirge an der Ostküste, fließt durch Seoul und mündet ins Gelbe Meer. In den letzten 600 Jahren lieferte er der Bevölkerung das Trinkwasser.

Die alte Kiefer (S. 40)
Saemaul bedeutet „neues Dorf" auf Koreanisch und bezeichnet eine Modernisierungsbewegung der Landgemeinden unter dem Präsidenten PARK Chunghee. (Machtergreifung durch Militärputsch 1961, Ermordung 1979).

Ost-West-Süd-Nord (S. 44)
„Hinauf nach Norden, herunter nach Süden": Zwei Ausdrücke seit der Landesteilung. Von Süd- nach Nordkorea über die Grenze gehen heißt 'nach oben gehen', von Nord- nach Südkorea gehen heißt 'nach unten gehen'. Hinauf und Herunter - aus der Perspektive Südkoreas - bedeuten das Überlaufen aus politischen Gründen, wie man während der Teilung Deutschlands unbequemen Linken in den siebziger Jahren riet: „Geh doch nach drüben".

Lied für fünf Freunde (S. 49)
„Lied für fünf Freunde": Im siebzehnten Jahrhundert lebte der Gelehrte YUN Sondo (1587-1671) lange Zeit in Haenam, ganz im Süden der

Halbinsel Korea am Meer. Sein berühmtes Gedicht „Lied für fünf Freunde", das heute viele Koreaner in der Schule auswendig lernen, ist ein Loblied auf die Natur und bezieht sich auf Wasser, Felsen, Kiefer, Bambus und Mond. Das Gedicht von KIM Kwang-Kyu ist eine Anspielung auf dieses Lied. Kim nimmt die fünf zentralen Topoi YUN Sondos auf. Während der alte Meister das idyllische Leben in der Natur in sechs regelmäßigen vierzeiligen Versen preist und sich damit von der menschlichen Gesellschaft distanziert, bedient sich Kim völlig neuer Bilder und Stilmittel in seinen drei ebenfalls vierzeiligen Strophen mit freien Rhythmen, so daß die Spannung zwischen Individuum und Gesellschaft von heute durch Gegenüberstellung ihrer Beziehungen zur Natur transparent wird.

Weisheitszahn oder Sarangni (S. 56)
Weisheitszahn heißt auf Koreanisch „Sarangni". Dieses Wort bedeutet eigentlich „Liebeszahn".

Freund aus Hyocha-Dong (S. 65)
Hyocha-Dong: Ein Viertel in der Altstadt von Seoul am Fuß des Inwang-Berges. Hyocha-Dong bedeutet wortwörtlich „Viertel des guten Sohnes". In der konfuzianistisch geprägten Gesellschaft Koreas galt respekt- und liebevolle Hingabe gegenüber den Eltern als eine der höchsten, viel gepriesenen Tugenden. Das Gedicht spielt darauf an, wie weit entfernt solche Phrasen von der Wirklichkeit sind.

Vor einem alten Weihrauchgefäß (S. 72)
Koryo-Reich: Nach der Koryo-Dynastie (918-1392 n. Chr.) ist die geheimnisvolle grüne Keramik benannt, deren Farbe trotz jahrhundertalter Bemühungen von Fachleuten bis heute nicht nachgemacht werden konnte. Ihre Formenvielfalt und ihre eingeritzten, oder farbig eingelegten Muster sind beispiellos in der Kunstgeschichte. Die Staatsbezeichnung „Korea" stammt aus diesem Reich.

Die Spur des Menschen 450815 (S. 75)
450815: Jeder Bürger erhält in Korea bei seiner Geburtsanzeige eine eigene Nummer. An dieser 13-stelligen Zahl sind das Geburtsdatum, der Wohnort, Geschlecht, usw. ablesbar. Erste 6-stellige Zahl, z.B. 450815

heißt: am 15. 8. 1945 (Tag der Befreiung Koreas von der Fremdenherrschaft) geboren.

Dünne Schatten der alten Liebe (S. 93)
19. April: Am 19. April 1960 brach ein Aufstand der Studenten gegen das korrupte diktatorische Regime des Präsidenten Syngman Rhee aus. Oberschüler und Bürger schlossen sich dem Aufstand an. Dadurch konnte man den Rücktritt des Präsidenten und eine Neuwahl erzielen. Die politische Lage blieb aber konfus und führte 1961 zu einem verhängnisvollen Militärputsch. Die Studentenrevolte trug trotz allem nachhaltig zur Entwicklung des politischen Bewußtseins der Koreaner bei und wird „Aprilrevolution" genannt. Auf die koreanische Geistesgeschichte der zweiten Hälfte des 20. Jahrhunderts hat sich diese Revolution entscheidend ausgewirkt.
Hyehwa-Dong: Ein bekanntes Studentenviertel in der Altstadt von Seoul

An den Halbmondbären (S. 97)
Halbmondbär: Der Halbmondbär lebt in asiatischen Gebirgslandschaften. Er trägt wie der Kragenbär eine halbmondförmige Blesse auf der Brust. Nach einer koreanischen Legende wurde eine Halbmondbärin durch ihre Vermählung mit dem Himmelsprinzen Hwan-Ung zur Mutter des koreanischen Staatsgründers Tan-Gun.

Nachwort

„Macht die Literatur den geistigen Zustand der Gesellschaft, aus der sie hervorgeht, am schärfsten transparent, so bildet Lyrik die sensibelste erogene Zone dieser Literatur.(...) Heute, wo es eine wichtige Aufgabe der Intellektuellen geworden ist, die strukturellen Widersprüche und Konflikte der koreanischen Gesellschaft zu verstehen, (...) bringt die Intuition eines Lyrikers etwas in seinen Werken zum Ausdruck, was die Grenze der Logik eines Theoretikers überspringt". Mit dieser Formulierung beginnt eine Edition von ausgewählten Gedichten repräsentativer zeitgenössischer Lyriker, in der KIM Kwang-Kyu mit zwei Gedichtbänden vertreten ist. Als Lyriker debütierte er 1975, in einer Zeit, in der das Selbstverständnis der Literatur in Korea einen Umbruch erlebte. Seine ersten Gedichte wurden von der Literaturkritik als „ein bemerkenswertes neues Gelingen in der Lyrik Koreas und Herausforderung" (YU Jongho) gegen damals in Korea allgemein verbreitete Ansichten über die Lyrik aufgenommen, die von der europäischen Moderne um die Jahrhundertwende beeinflußt worden war.

KIM Kwang-Kyu wurde 1941 in Seoul geboren. Im Alter von neun bis zwölf Jahren erlebte er den verhängnisvollen Koreakrieg. Zu Anfang seines Germanistikstudiums in Seoul nahm er 1960 an den ersten Demonstrationen gegen die Diktatur teil. Der Militärputsch im nächsten Jahr brachte aber eine düstere Zeit für Politik und Kulturleben mit sich. Von 1972 bis 1974 setzte er in München das Studium der deutschen Sprache und Literatur fort. Dieser Studienaufenthalt wurde in seinen späteren Übersetzungen von Gedichten Heinrich Heines, Bertolt Brechts, Günter Eichs u.a. fruchtbar. 1983 promovierte er an der Nationaluniversität Seoul über die Lyrik und Hörspiele Günter Eichs. Er ist zur Zeit als Professor für Germanistik an der Hanyang Universität in Seoul tätig.

Seit seinem ersten Lyrikband von 1979, der in den letzten zwanzig Jahren ein Dauererfolg geworden ist, gehört KIM Kwang-Kyu zu den meistgelesensten und bedeutendsten Lyrikern seines Heimatlandes. Bisher erschienen sieben Lyrikbände, drei Auswahl- und ein Prosaband von ihm. Für seine Lyrik wurde er mit vier angesehenen Literaturpreisen ausgezeichnet. Eine Auswahl aus seinen ersten drei Lyrikbänden, "Faint Shadows of Love“, erschien 1991 in London in englischer Sprache und brachte dem Übersetzer in Korea einen staatlich geförderten Übersetzerpreis. Die vorliegende deutsche Ausgabe ist eine Zusammenstellung aus seinen Gedichten bis 1994. Dabei liegt der Schwerpunkt auf den ersten drei Lyrikbänden.

In den frühen Gedichten von KIM Kwang-Kyu findet die Suche nach der eigenen Identität als Lyriker ihren Ausdruck. „Ars Poetica“, „Dasein und Nichtsein“ I und II und „Seelenberg“ sind Beispiele dafür. Von harmlos erscheinenden alltäglichen Erlebnissen ausgehend, versucht er, in die Tiefe der ursprünglichen Natur und damit auch in die Urquelle der Sprache vorzudringen. Dabei stellt er fest, daß er die Utopie, mit der er in seiner Kindheit in Berührung gekommen zu sein glaubt, im Getriebe der Zivilisation restlos verloren hat. Zugleich erkennt er die Unzulänglichkeit und Unbrauchbarkeit der bestehenden sprachlichen Mittel zur Darstellung seiner Utopie. Ohne Wehmut oder Klage distanziert er sich von der gesuchten Ideenwelt und wendet sich immer mehr an die Wirklichkeit, wobei er sich vorwiegend der einfachen Alltagssprache bedient. In der Rezeptionsgeschichte der letzten zwanzig Jahre gilt er als Lyriker, der eine neue Dimension für die moderne Lyrik Koreas eröffnet hat. Er hat die in Manierismus geratene lyrische Sprache aus vermeintlicher Modernität befreit.

Ende der 70er und in der ersten Hälfte der 80er Jahre, als sich die politische Lage verschlechterte, setzte er sich thematisch intensiver mit den unmittelbaren gesellschaftlichen Problemen auseinander, wie die Gedichte „Tod eines jungen Krebses“ und „Nebelland“ zeigen. Dies tat er aber ohne jede Vehemenz, eher im Ton einer für ihn charakteristischen Naturlyrik. Zum Erstaunen vieler Kritiker entsteht durch diese distanzierte Haltung eine Spannung, die seine Bilder transparenter und seine Gedichte aussagekräftiger werden lassen. Durch klare Sprache und Bilder stellt er das Spannungsverhältnis zwischen Individuum, Gesellschaft und Natur effektvoll dar. Seine aufrichtigen, manchmal fast im Prosastil gehaltenen realistischen Schilderungen verwandeln sich in ausdrucksstarke Mitteilungen, wenn sich der Leser bewußt wird, welchen institutionellen Unterdrückungen er unterworfen ist. Das Thema Umweltschutz wird in seinem ersten Lyrikband in die koreanische Literatur eingeführt.

Charakteristisch für die Lyrik von KIM Kwang-Kyu sind auch Vieldeutigkeit und Vielschichtigkeit. Aus harmlosen Naturbeschreibungen oder alltäglichen Szenen gehen dem Leser bei näherer Betrachtung plötzlich politische, kultur-, zivilations- und/oder gesellschaftskritische Dimensionen auf. Seine Gedichte zeigten von Anfang an Reflexionen über die Kehrseite der Erscheinungswelt. Die Gedichte wie z.B. „Die Tiefe der Muschel" und „Dialogische Übung" decken auf, wie sehr unsere Worte und der Alltag von der Wahrheit entfernt sind und wie sie mißbraucht werden, um eigentlich wahre Ereignisse zu verbergen. Die Probleme der Menschen im Alter und im Tod gehören ebenfalls zu den zentralen Themen seiner Gedichte. Interessant ist zu beobachten, daß dieses Thema in den letzten Jahren immer stärker ins Zentrum seiner lyrischen Welt rückt.

Als Lyriker und Germanist erkannte er, daß die in Korea herrschende Liebe zur deutschen Literatur und Kultur mit einer Tradition von über 100 Jahren nun nachläßt und daß man das entsprechende Interesse für die koreanische Kultur bei der deutschen Allgemeinheit erst wecken muß, damit die gute Tradition nicht in die „Globalisierungsfalle" gerät, sondern in einer Form des Dialogs zwischen den beiden Kulturen wieder belebt wird. Daher bemüht er sich seit 1992 um einen regelmäßigen Austausch zwischen den Schriftstellern der beiden Länder. Das Programm läuft erfolgreich und bietet auch ihm die Chance, sich mit den Übersetzungen seiner Gedichte in Deutschland vorzustellen. Bisher las er seine Werke in Bonn, Siegen, Berlin, Hamburg, Düsseldorf, Bielefeld, München und Wien. Nach der von ihm mitorganisierten koreanischen Literaturwoche 1992 in Berlin wurde seine Lyrik in literarischen Zeitschriften in Deutschland veröffentlicht und auch in den Zeitungen positiv besprochen. Diese vereinzelte Resonanz soll nun an diesem ersten Lyrikband in deutscher Sprache verdeutlicht werden.

Die erste deutschsprachige Fassung aus den Gedichten von KIM Kwang-Kyu verdanken wir, der Autor und ich, Georg Lechner, der als damaliger Leiter des Goethe-Instituts Seoul „Nebelland" aus dem gerade erschienenen und von der Militärregierung verbotenen ersten Lyrikband KIMs übersetzte und in Freundeskreisen vorlas. Dadurch angeregt haben wir jedes Jahr einen Teil der Gedichte ins Deutsche übersetzt, selbstverständlich mit großzügiger Übersetzungshilfe unserer deutschsprachigen Freunde. In diesem Sinn möchte ich mich von ganzem Herzen bei Albrecht Huwe, Karl Riha, Manfred Ott, Alexander Gruber und Wolfgang Hermann bedanken. Mein besonderer Dank gilt Matthias Göritz für seine Bereitschaft, sich mit mir und dem Autor zusammenzusetzen und fast zwei Wochen intensiv an der Fertigstellung der deutschen Texte zusammenzuarbeiten. Wegen verschiedener Schwierigkeiten dauerte es bis zu dieser letzten Fassung lange Jahre. Dies zeigt, wie schwer es ist, Lyrik in eine Fremdsprache zu übertragen.

Zu Dank verpflichtet bin ich noch Günther Butkus vom Pendragon Verlag, der den Mut gefaßt hat, in Zusammenarbeit mit mir die Reihe „Edition moderne koreanische Autoren“ aus der in Deutschland so unbekannten koreanischen Literatur herauszugeben, und Heidi Kang, die dazu einen wichtigen Beitrag leistet.

Im Januar 1999

CHONG Heyong

Wir freuen uns, daß „Die Tiefe der Muschel“ nunmehr in der zweiten Auflage erscheinen kann und danken Matthias Politycki, der dazu einige wesentliche Anregungungen beigetragen hat.

Im Januar 2000

CHONG Heyong

Pressestimmen

„Die Gedichte von Kwang-Kyu KIM sind Ausdruck seiner humanen und demokratischen Haltung. Sie sind einfach, klar und verständlich, aber doch von einem irisierenden poetischen Reiz. Mit dem Begriff Alltagslyrik ist er durchaus einverstanden, denn er verarbeitet vorwiegend alltägliche Eindrücke und Erlebnisse, in denen er die Spannung zwischen Politik, Wirtschaft und Individuum beschreibt."

(Cornelia Staudacher: TAGESSPIEGEL, Berlin 1992)

„Im Nebelland, sagt der koreanische Lyriker Kwang-Kyu KIM, sollte man nicht versuchen zu sehen. Nebel? Am Wochenendwetter, liest man, sind wir selber schuld. Bald wird jeder sein eigenes schlechtes Wetter überallhin mitnehmen dürfen. Und ist es ohnehin besser, dem Herbst anzugehören? Aber das sind Fragen, wie sie nur ein koreanischer Lyriker stellen kann. So ging die Rede von alten Krebsen, die im Netz des Krebshändlers unnütz mit den Scheren klappern, einem Berg, der Seelenberg heißt und noch nie von jemandem bestiegen wurde, und von der Halbmondbärin, die in gebirgigen Landschaften lebt und durch Vermählung mit dem Himmelsprinzen zur Mutter des koreanischen Volkes wurde. Es ging um Wasser, um Bäume und natürlich auch um Flughäfen, Toilettenpapier und Wolken. Und zwischen den Zeilen die grundlose Zuversicht, man könne noch einmal von vorne beginnen, Wort für Wort, wie zum ersten Mal."

(Iris Radisch: DIE ZEIT, 1998)

Die koreanische Originaltexte wurden aus den
ersten sechs Lyrikbänden ausgewählt, erschienen
bei Munhak-gua Jisong-sa, Seoul 1979-1994

Die Veröffentlichung wurde von
„The Korean Culture and Arts Foundation" gefördert.

Besuchen Sie uns im Internet
www.pendragon.de

2. vom Autor durchgesehene Auflage 2000

Originalausgabe
Veröffentlicht im Pendragon Verlag
Günther Butkus, Bielefeld 1999

Umschlag: Michael Baltus unter Verwendung
eines Fotos von Jean Marc Leenders
Satz: Pendragon Verlag auf Macintosh
Gesetzt aus der Adobe Garamond
ISBN 3-929096-63-3
Printed in Germany

Helga Picht/Heidi Kang

Am Ende der Zeit

Anthologie

Aus dem Koreanischen
von Helga Picht u.v.a.
200 Seiten, Festeinband
Format 14,5 x 20,5 cm
DM 29,80
ÖS 218/SFr 27,-
ISBN 3-929096-84-6

Diese Anthologie moderner koreanischer Erzählungen, soll im Rahmen der „Edition moderne koreanische Autoren", einen Beitrag dazu leisten, daß auch Koreas „beste Schätze, seine Bücher" in Deutschland noch stärker zur Kenntnis genommen werden. Kann doch die koreanische Literatur auf eine mehr als zweitausendjährige Geschichte mündlicher Überlieferung und eine tausendjährige Geschichte schriftlich festgehaltenen literarischen Schaffens zurückblicken. Zudem beweisen uns die vorliegenden Übersetzungen und Sammlungen koreanischer Literatur eine hohe Qualität geistiger Auseinandersetzung nicht nur mit koreanischen, sondern auch allgemeinmenschlichen Problemen. Im heutigen Südkorea sind alte und moderne Belletristik von einer Popularität, um die sie die gesamte deutsche Literaturwelt nur beneiden kann. Eine weitere Besonderheit der koreanischen Gegenwartsliteratur besteht darin, daß weibliche Autoren eine herausragende Rolle spielen. Mit Beiträgen von Pak Wanso, Choe Inhun, Ho Kunuk, Hyon Kiyong, Sin Kyongsuk, Yun Humyong , Im Choru und Oh Jung-Hee.

HAN Soosan

Ende einer Vorstellung

Roman

Aus dem Koreanischen
von SONG Moon-Ey
Doris Sabine Spari
und Nina Berger
280 Seiten, Festeinband
Format 14,5 x 20,5 cm
DM 36,-/ÖS 262/SFr 33,-
ISBN 3-929096-82-X

HAN Soosan wurde im Jahre 1946 in Inje geboren. Im Jahre 1969 nahm er das Studium der Koreanischen Literatur an der Kyonghui-Universität in Seoul auf. Seit 1996 lehrt er dort Koreanische Literatur an der Sejong-Universität. Den Beginn seiner schriftstellerischen Karriere markieren die Auszeichnungen der Kurzgeschichte „Ende April" im Jahre 1972 und des Romans „Schmelzperiode" im darauffolgenden Jahr. Seitdem hat er zahlreiche Romane und Kurzgeschichten veröffentlicht, für die er verschiedenste Preise erhielt.

Yunjae ist zum Zirkus Lee zurückgekehrt. Doch genauso alt und verbraucht, genauso unmodern wie dieser Clown ist der Zirkus selbst geworden. Durch die moderne Unterhaltungsindustrie in ihrer Existenz bedroht, wächst der Unmut der Artisten. Als die junge Chihye eines Nachts von einem unbekannten Zirkusmitarbeiter vergewaltigt wird und kurz darauf einen Unfall erleidet, verändert sich alles. Die längst schon brüchige Gemeinschaft bricht auseinander, und selbst Hamyong scheint den Untergang des Zirkus Lee nicht mehr aufhalten zu können.